穿條紋衣的男孩

The Boy in the Striped Pajamas

約翰·波恩
John Boyne
趙丕慧 譯

獻給潔米．林區

CONTENTS

Chapter

1

布魯諾的發現

Bruno Makes a Discovery

一天下午，布魯諾放學回家，發現他們家的女傭瑪麗亞——那個總是低著頭盯著地毯的女傭——竟然在他的房間裡，把他的東西從衣櫃裡拉出來，裝進了四個大木箱裡，就連那些他藏在衣櫃最裡面、屬於他個人、別人管不著的物品也都被她搜了出來。

「妳這是幹嘛？」他盡量很有禮貌地詢問，因為雖然他回家來看見有人在亂翻他的東西，覺得心裡很不高興，可是媽媽總是告訴他要尊重瑪麗亞，別模仿爸爸跟她說話的樣子。「別碰我的東西。」

瑪麗亞搖搖頭，指著他身後的樓梯，布魯諾的媽媽剛好在這時候上來了。她的個子很高，紅色長髮用髮網束在腦後。她緊張地絞著手，彷彿有什麼話實在不願意說，又像是有什麼事她怎麼也不能相信似的。

「媽，」布魯諾說，朝她走過去，「這是怎麼回事啊？瑪麗亞為什麼亂翻我的東西？」

「她在幫你收拾。」媽媽解釋。

「收拾？」布魯諾說，同時腦筋動得飛快，把最近幾天發生的事回想了一遍。是不是因為他最近特別調皮搗蛋，還是說了什麼不准他說的髒話，所以他才會被送走？可是事實上，最近這幾天他是個無可挑剔的乖寶寶，他根本想不起來自己作過什麼怪。「為什麼？」他又問。「我做了什麼？」

這時媽媽已經回到自己的房間了，他們的管家拉爾斯也在她房裡幫她收拾行李。媽媽嘆口氣，兩手朝天一攤，有氣沒力地，之後又走回樓梯口。布魯諾緊跟著她，不願意讓這件事就這麼莫名其妙地算了。

「媽，」他又追問，「這是怎麼回事啊？我們是要搬家嗎？」

「跟我下樓來。」媽媽說，領頭下樓到大餐廳，上個禮拜他們才在大餐廳裡招待過「炎首」。「我們下樓再說。」

布魯諾跑著下樓，在樓梯上超過了媽媽，等媽媽下樓，他已經在大餐廳裡等著了。他一言不發地看著她一會兒，心裡想媽媽今天早上的妝沒化好，因為她的眼眶比平常要來得紅，就像他自己闖了禍、挨了罵，大哭後的模樣。

「你不要擔心，布魯諾。」媽媽說，坐了下來，她坐的那張椅子正好是那位跟著「炎首」一起來吃晚飯的金髮美女坐的椅子，她在爸爸關上房門之前還朝布魯諾揮手呢。「其實呢，真要說發生了什麼事的話，應該說是我們要去探險了。」

「探什麼險？」布魯諾問。「你們要把我送走嗎？」

「不，不只是你。」媽媽說，有一會兒好像要微笑，可是又打消了念頭。「我們全部一起走，你爸爸和我，葛蕾朵和你，我們四個人一起。」

布魯諾想了想，眉頭皺了起來。要是把葛蕾朵送走，他是不會多傷心啦，因為她根本就是個大累贅，只會給他找麻煩，可是他們全都得跟著她一起走，好像有點不公平。

「可是我們要去哪兒呢？」他問。「我們到底是要去哪兒？我們為什麼不能繼續住在這裡？」

「你爸爸的工作，」媽媽解釋。「你知道那很重要吧，是不是？」

「我當然知道。」布魯諾點頭說，因為家裡總是有客人來來去去的，有穿著神氣制服的男人、帶著打字機（他那雙髒兮兮的手絕對不能去碰）的女人。他們對爸爸總是客客氣氣的，總是對彼此說爸爸是個有前途的人，「炎首」非常器重他。

「有時候，有人如果非常重要的話，」媽媽接著說，「僱用他的人就會要他到別的地方去，因為那裡有非常特別的工作要做。」

「什麼樣的工作？」布魯諾問，因為他如果夠坦白的話——這點是他盡量想做到的——他壓根兒就不清楚爸爸究竟是做哪一行的。

在學校裡，他們談論過同學的爸爸，卡爾說他爸爸是賣蔬菜水果的，布魯諾知道這是實話，因為他們的店就在市中心。

丹尼爾說他爸爸是老師，布魯諾知道這也是實話，因為他教的就是那些聰明人會保持距離的大男生。

馬丁說他爸爸是大廚，布魯諾也知道他沒說謊，因為他有時候會來接馬丁放學，每次來都穿著工作服，外面套著格子呢圍裙，一副剛從廚房裡出來的樣子。可是輪到他們問布魯諾的爸爸是做什麼的，他就會張開嘴想說話，卻發現連自己都搞不清楚。他只知道爸爸是個有前途的人，還有「炎首」非常器重他。喔，對了，他的制服很神氣。

「很重要的工作。」媽媽說，頓了一下。「一份需要很特殊的人做的工作。懂了吧？」

「所以我們全都要去？」布魯諾問。

「當然啦。」媽媽說。「你不會希望爸爸一個人去工作，在那邊孤孤單單的吧？」

「不是啦。」布魯諾說。

「要是我們不跟爸爸一塊去，他會想念我們的。」媽媽又說。

「他會最想念誰？」布魯諾問。「我還是葛蕾朵？」

「兩個一樣想。」媽媽說，因為她深信不可以偏愛哪個孩子，布魯諾尊敬這一點，尤其是他知道其實媽媽最喜歡他了。

「可是我們的房子呢？」布魯諾問。「我們不在的時候，誰要來照顧房子？」

媽媽嘆口氣，環顧四周，彷彿再也看不見這棟屋子了。這棟房子非常美麗，她知道她一定會非常想念它。房子總共有五層樓，這是連地下室也算在內，廚子在那裡煮飯，瑪麗亞和拉爾斯坐在那裡面的餐桌旁吵架，用一些不該說的髒話彼此叫罵；另外，還包括最上層有著斜斜窗戶的小閣樓，布魯諾如果踮著腳尖、緊緊扶著窗台的話，就可以從這裡俯瞰整個柏林。

「我們得暫時讓屋子空著，」媽媽說。「不過，我們將來會回來的。」

「那廚子怎麼辦？」布魯諾問。「拉爾斯呢？瑪麗亞呢？他們要住在哪裡？」

「他們也跟我們一起去。」媽媽解釋。「好了，問夠了。你是不是應該上樓去，幫瑪麗亞收拾你的東西？」

布魯諾站了起來，卻在原地不動。他還有幾個問題，問完了才能告一段落。

「那裡有多遠？」他問。「我是說那份新工作。超過一英里嗎？」

「哎喲喂呀！」媽媽笑著說，但是笑聲卻很奇怪，因為她一點開心的表情也沒有，還別過臉去，好像不想讓布魯諾看見她的臉。「是的，布魯諾，」她說，「超過了一英里，而且還超過了很多呢。」

布魯諾瞪大眼睛，嘴巴張成 O 字形，還感覺到手臂伸了出去，每次他感到吃驚時就會有這個習慣動作。「妳不會是說我們要離開柏林吧？」他好不容易才把話說出來，大口大口吸著氣。

「恐怕是的。」媽媽說，憂愁地點頭。「你爸爸的工作——」

「那我要怎麼上學？」布魯諾說，打斷了她，他知道不該打斷媽媽的話，不過他覺得現在情況特殊，媽媽應該不會生氣。「那卡爾、丹尼爾和馬丁怎麼辦？要是我們想要一起幹什麼，他們怎麼知道到哪裡去找我？」

「目前你得向朋友說再見，」他媽媽說。「將來你們一定會再碰面的。還有，媽媽講話的時候別插嘴。」她又加上這一句，因為儘管這個消息來得不是時候又令人不愉快，可是布魯諾也不能忘記了禮貌。

「向他們說再見？」他反問，驚訝地瞪著媽媽。「向他們說再見？」他又說一次，每個字都像是噴出來似的，好像他含了一嘴的餅乾，已經咬成了碎片卻還沒吞下去。「向卡爾、丹尼爾和馬丁說再見？」他又說一次，已經很接近吼叫了，差點又要打破不得在屋內吼叫的禁令。「可是他們是我這輩子最好的朋友啊！」

「喔，你會交到別的朋友的。」他媽媽說，敷衍似地揮揮手，彷彿一個小男生要交上三個這輩子最要好的朋友是輕輕鬆鬆就能辦到的事。

「可是我們有我們的計畫啊！」他抗議。

「計畫？」媽媽問，挑起了眉毛。「什麼計畫？」

「我不能說。」布魯諾說，他不能透露出計畫的內容，不過他們準備要大鬧一場，反正再過幾個星期學校就放暑假了，他們再也不必把所有的時間都花在做計畫上，可以實際付諸行動了。

「很抱歉，布魯諾。」媽媽說。「不過，你們的計畫只好等一等了，在這件事上，我們實在是別無選擇。」

「媽？」

「布魯諾，夠了。」她說，現在變得疾言厲色，同時站了起來，表示夠了就是夠了。「上個禮拜你不是還在抱怨這裡變了很多嗎？」

「我是不喜歡到了晚上就得把燈都關掉。」他承認。

「又不是只有你一個人得關燈，」媽媽說。「這是為了大家的安全。誰知道呢？說不定我們搬家了反而會更安全一點呢。好了，我要你上樓去幫瑪麗亞收拾你的行李。拜某人之賜，我沒有足夠的時間來準備。」

布魯諾點頭，難過地走開，知道所謂的「某人」是大人替代「爸爸」的用語，而且是他被禁止使用的。

他慢吞吞地上樓，一手扶著欄杆，心裡一面在亂猜，新工作那地方的新房子裡，會不會像這裡一樣有這麼好的欄杆可以讓他溜滑梯？這棟屋子的樓梯扶手從頂層——就在小閣樓的門口，如果他踮著腳尖、緊緊扶著窗台的話，就可以從這裡俯瞰整個柏林——一直延伸到一樓，樓梯口就在兩扇大橡木門前面。布魯諾最喜歡爬上欄杆，一路滑下來，一面歡呼。

從頂層滑到下一層，有父母的房間，還有大浴室，那是他不可以進入的房間。

再從這一層滑到他的房間以及葛蕾朵的房間所在的那一層，還有一間小浴室，他應該使用這一間，不過事實上並非如此。

再滑到一樓，你從欄杆上飛出去，不是兩隻腳穩穩站住，就是被扣五分，你又得從頭來過。

這棟屋子最棒的地方就在樓梯的欄杆，另外就是爺爺、奶奶住得很近——他一想到這裡，就不由得猜想他們是不是也會一起來。他自己假設答案是肯定的，因為再怎麼樣也不能把他們丟下來不管啊。丟了葛蕾朵沒什麼關係，反正她是個討厭鬼，把她留下來看屋子反倒比較好。可是爺爺、奶奶呢？那可是另一回事。

布魯諾慢慢上樓回去他自己的房間，但是在進房間之前，他回頭望著樓下，看見媽媽進了爸爸的辦公室。辦公室正對著大餐廳，而且是無論在任何情況下都禁止進入的。他聽見媽媽大聲對爸爸說話，最後爸爸的嗓門更大，壓過了她，兩人的對話才結束，接著辦公室的門被關上，布魯諾什麼也聽不見了，所以他覺得回房間去，由他自己來收拾行李比較好，不然瑪麗亞可能會粗手粗腳地把他衣櫃裡的東西全都拉出來，就連那些他藏在衣櫃最裡面、屬於他個人、別人管不著的物品也會遭殃。

Chapter 2

新房子

The New House

第一眼看見他們的新房子，布魯諾就睜大了眼睛，嘴巴圓得像個Ｏ字形，手臂又伸了出來。新房子的每一吋好像都跟他們的舊房子相反，他完全不敢相信他們真的要搬進去住了。

柏林的家位在安靜的街道上，左右是一連串跟他家一樣的大房子，不管什麼時候看起來都賞心悅目，因為每一棟房子看起來雖然差不多，但還是有那麼一點兒不同。而住在那些房子裡的男生，如果跟他是朋友，他們就玩在一塊；如果不好惹，那他就躲得遠遠的。但是，新房子卻是孤伶伶地矗立在一片空盪盪又荒涼的地方，放眼望去一棟房子也看不見，也就是說除了他們這一家之外，沒有別的鄰居，沒有男生可以和他玩，不論是朋友還是對頭。

柏林的房子很大，雖然他住了九年，照樣可以找到一些他並沒有真正探索完的角落，甚至有些房間他只能算是驚鴻一瞥，比方說爸爸那間列為絕對禁區的辦公室。新房子只有三層樓：三間臥室都在頂樓，但只有一間浴室；一樓是廚房、餐廳、爸爸的新辦公室（他已經猜到是老規矩：禁止進入，絕無例外）；還有地下室，那兒是僕人睡的地方。

柏林的房子四周都是街道，街上大房子林立，朝市中心走，隨時隨地都可以看見有人在街上漫步，停下來彼此聊上幾句；也有人忙忙碌碌地，說沒時間停下來，今天不行，他們有一百零一件事情得辦。街上還有明亮的商店，以及蔬果攤，大托盤上堆著高麗菜、胡蘿蔔、花菜和玉米；有的攤子上，韭蔥、蘑菇、蕪菁和芽菜多得都溢出來了，有的擺了滿滿的生菜、四季豆、夏南瓜和防風草。有時他喜歡站在這些攤子前，閉著眼睛，吸入果菜的芬芳，香香甜甜和生氣蓬勃的味道混合，讓他吸到最後頭暈起來。但是新房子附近沒有別的街道，沒有人在漫步，也沒有人來去匆匆，而且絕對沒有商店或賣水果、蔬菜的攤子。要是他閉上眼睛，他只會感到空盪盪與寒冷，彷彿他是到了全世界最孤獨的地方、窮鄉僻壤的最中央。

柏林的街道上還會擺著桌子，有時他和卡爾、丹尼爾與馬丁放學後走路回家，會看見男人、女人坐在桌子旁，喝著泡沫飲料，大聲笑著；他總以為坐在桌子旁的人都是很風趣的人，因為不管他們說什麼，總是有人會笑。可是不知為什麼，新房子卻讓布魯諾覺得從來沒有人在裡面笑過，屋裡也沒什麼可笑的、沒什麼能讓人開心的。

「我覺得搬家不是好主意。」布魯諾在他們抵達後幾小時說，瑪麗亞正忙著在樓上把他的行李箱打開。（新房子的女傭也不止瑪麗亞一個，還有另外三個人，都瘦得像皮包骨，講話都壓低聲音。還有一個老頭子，布魯諾聽說他是負責幫他們準備每天的蔬菜的，也會在晚餐時服侍他們，他不但一臉不高興，還帶著點憤怒。）

「我們沒那個閒工夫胡思亂想。」媽媽說，打開一個盒子，裡面裝著爺爺、奶奶在她嫁給爸爸時送的一套六十四只玻璃杯。「某人幫我們做了決定。」布魯諾不知道這是什麼意思，就假裝他媽媽根本沒開口。

「我覺得搬家不是好主意。」他又說一遍。「我覺得我們最好把這裡忘了，回家去，就當作是上一次當學一次乖。」他又補上一句。他最近才剛學會「上一次當學一次乖」這句話，決定有機會就拿出來用。

媽媽啞然失笑，小心地把玻璃杯放在桌上。「我送你另一句話，」她說。「叫做既來之則安之。」

「我不覺得安得了。」布魯諾說。「我覺得妳應該告訴爸妳改變主意了，呃，要是我們今天要住在這裡，在這裡吃晚飯、過一夜，那沒關係，因為我們都累了。可是，如果我們想在明天的下午茶以前趕回柏林，那就應該明天一大早起床。」

媽媽嘆口氣。「布魯諾，你為什麼不上樓去幫瑪麗亞整理呢？」

「沒道理要把行李拿出來啊，我們不是——」

「布魯諾，照我的話去做！」媽媽嚴厲地說，因為顯然她打斷他的話就沒關係，而他可不能有樣學樣。「我們搬來了，在可預見的將來，這裡就是我們的家，我們得隨遇而安，懂了嗎？」

他不懂什麼叫「可預見的將來」，也誠實地說了出來。

「意思是我們現在就要住在這裡，布魯諾。」媽媽說。「沒得商量。」

布魯諾覺得胃痛，感到心裡似乎有什麼在漸漸擴大，那玩意兒從他心裡的最底層往上冒，冒到外在的世界，不是讓他大聲喊叫說這一切都錯了，一點也不公平，早晚有一天，有人會為這個大錯付出代價；要不就是害他嚎啕大哭。他不明白究竟為什麼會變成這樣。前一天他還高高興興地在家裡玩，有三個這輩子最要好的朋友，從樓梯欄杆上滑下來，踮著腳尖俯瞰柏林；現在他卻困在這個又冷又討厭的房子裡，多了三個說悄悄話的女傭、一個既不開心又氣呼呼的侍者，困在這個沒有人會再開心起來的地方。

「布魯諾，我要你上樓去整理，而且我要你現在就去。」媽媽用不客氣的聲音說，他一聽就知道她不是在開玩笑，只好向後轉，一句話也不說，大步離開。

他感覺到眼淚湧了上來，可是他下定決心絕不讓眼淚現在掉下來。

他上樓去，慢吞吞地轉了一個圈，希望能找到一扇小門或是整齊、舒服的小房間，能夠讓他好好探個險，但是卻什麼也沒看到。這層樓只有四扇門，兩邊各兩扇，正對著彼此。一扇門進入他的房間，一扇門進入葛蕾朵的房間，一扇門進入爸媽的房間，一扇門進入浴室。

「這裡不是我家，永遠也不會是我的家。」他壓低聲音嘀咕，進入了自己的房間，發現他的衣服散落在床上，一盒盒的玩具和書本連拆都還沒拆開。瑪麗亞顯然是把先後次序弄錯了。

「媽叫我來幫忙。」他小聲說。瑪麗亞點頭，指著一個大袋子，裡面裝的是他所有的襪子和內衣、褲。

「你把那些東西拿出來，放到那邊的五斗櫃裡。」她說，指著房間另一端的一個醜不拉嘰的櫃子，櫃子旁邊有一面鏡子，鏡面上還沾了灰塵。

布魯諾嘆口氣，打開了袋子。他的內衣、褲把袋子塞得鼓鼓的。他恨不得爬進袋子裡，等他爬出來的時候，會發現睡了一覺醒過來，又回到了老家。

「妳覺得這一切是怎麼回事，瑪麗亞？」他在漫長的沉默之後開口，因為他向來就喜歡瑪麗亞，雖然爸爸說她只不過是個傭人，而且還是薪水超高的傭人，但是他覺得她也是家裡的一分子。

「什麼這一切？」瑪麗亞反問。

「這個。」他說，彷彿這是天底下最明顯不過的事情了。「搬到這種地方來。妳不覺得我們是犯了一個大錯嗎？」

「我可沒資格亂說，布魯諾少爺。」瑪麗亞說。「你母親向你解釋過是因為你父親工作的關係，而且——」

「喔，我真受夠什麼我爸的工作了。」布魯諾說，打斷了她的話。「要是妳問我，我會說我們一天到晚聽見的就是這句話，爸爸的工作這樣啦，爸爸的工作又那樣啦。哼！要是爸爸的工作等於我們得搬出自己的房子、離開可以溜滑梯的樓梯、離開我這輩子最要好的三個死黨，那我覺得爸爸應該考慮還要不要做這份工作了。妳說呢？」

就在這時，門外的走廊吱嘎一聲，布魯諾抬起頭，正好看見爸媽房間的門打開了一條縫。他立刻僵住，好一會兒動彈不得。媽媽還在樓下，這表示房間裡的人是爸爸，而他很可能聽見了布魯諾剛才的抱怨。他盯著門，幾乎不敢喘氣，胡思亂想著不知道爸爸會不會從門後出來，把他帶到樓下去好好地談談。

門縫愈開愈大，一個人影出現，布魯諾退後了幾步。可是他不是爸爸，而是個年輕許多的人，也沒有爸爸那麼高，不過制服是一樣的，只是上頭沒有那麼多的裝飾。他看起來正經八百的，帽子緊緊地戴在頭上。布魯諾看見他的太陽穴上有金黃的頭髮，黃得好像不太自然。他手上捧著一個盒子，朝樓梯口走，看見布魯諾站在那裡看他，他停下來一會兒。

他上上下下打量布魯諾，好像從沒看過小孩子，不確定該拿他怎麼辦才好，是該吃了他？還是不理他？或者乾脆把他給踹下樓算了？不過他什麼也沒做，只是匆匆對布魯諾點個頭，又邁開了步伐。

「他是誰啊？」布魯諾問。那個年輕人看起來又嚴肅又忙碌，他猜想一定是什麼大人物。

「大概是你爸手下的阿兵哥吧。」瑪麗亞說。剛才年輕人經過時，她站得挺直，雙手在身前交握，活像是在祈禱，而且她還盯著地板，不敢看他的臉，好像是怕直直看著他，自己會變成石頭；一直到他走了，她才放鬆下來。「以後我們就會慢慢認識他們了。」

「我覺得我不喜歡他。」布魯諾說。「他太嚴肅了。」

「你爸也很嚴肅啊。」瑪麗亞說。

「對，可是他是爸爸。」布魯諾解釋。「爸爸本來就該嚴肅，不管是賣菜的小販、教書的先生、煮菜的廚師，還是軍隊的司令官。」他說，把他所知道的「可敬的爸爸」的行業都說了出來，這些職業名稱他可是反覆想了上千遍呢。「而且我不覺得那個人看起來像個爸爸，不過他是夠嚴肅了，這點倒不用懷疑。」

「他們做的是非常嚴肅的工作啊。」瑪麗亞說，嘆了口氣。「唉，至少他們自己是這麼覺得。不過我要是你啊，就不會去招惹那些阿兵哥。」

「我看不出來除了不去招惹他們之外還能怎麼辦。」布魯諾難過地說。「我甚至覺得除了葛蕾朵之外，我沒有人可以一起玩了，那還會有什麼意思？她根本是個討厭鬼。」

他覺得又要哭了，幸好忍住了，他不想在瑪麗亞面前像個愛哭鬼。他看看房間四周，頭還半垂著，想看看有沒有什麼有趣的東西。什麼也沒有，至少看起來不像有。可是有一個地方吸引了他的目光，在房門正對面的那個角落裡，天花板上有一扇窗，稍微向下延伸到牆上，有點像是柏林房子裡的小閣樓那樣，只不過沒那麼高。布魯諾看著那扇窗，心想搞不好不用踮腳尖就能看見外面呢！

他慢慢朝窗戶走去，希望可以從這裡一路看到柏林去，看到他們家，看到家附近的街道，看到人們圍坐著喝泡沫飲料、拿好笑的故事亂蓋的桌子。他走得很慢，因為他不想失望。可是這個房間只是個小男生的房間，走得再慢也很快就走到了窗戶邊。他把臉貼著窗玻璃，望著外面，而這一次他睜大眼睛，嘴巴呈O字形，但是手臂還是貼著身體，因為他看見的景象讓他渾身發冷，沒有安全感。

Chapter 3

討厭鬼

The Hopeless Case

布魯諾確信把葛蕾朵留在柏林看房子才是正確的做法，因為她真的是個大麻煩。事實上，布魯諾曾在不少的場合聽過有人形容她是「天生來找麻煩的」。

葛蕾朵比布魯諾大三歲，而且早在他有記憶開始，她就擺明了無論大事、小事，尤其是與他們兩個有關的事，她都是老大。布魯諾不想承認自己其實有點怕姊姊，可是要完全坦白的話——他總是盡量做到誠實不說謊——他會承認他真的怕。

她有一些很討厭的習慣，就是姊姊妹妹都會有的毛病。比方說，每天早上她都霸佔浴室，似乎一點也不在乎布魯諾被關在外面，跳上跳下，急著解脫。

她有一大堆洋娃娃，擺滿了整個房間的架子，每次布魯諾進她房間，都覺得那些洋娃娃在瞪著他，跟著他轉，把他當賊一樣監視。他敢說如果他趁姊姊不在家，偷溜進她房間探險，那些洋娃娃一定會把他的每一個舉動都向她報告。一想到這裡，他心裡就不舒服。

她還有些討人厭的朋友，她們好像覺得捉弄他是很酷的事。哼，要是今天是他大三歲，他才不會對她做這種事呢！葛蕾朵的每一個朋友似乎都以折磨他為樂，而且只要媽媽或瑪麗亞不在眼前，她們就會對他說些不懷好意的話。

「布魯諾不是九歲，他只有六歲。」一個特別可恨的妖怪唱歌似的一遍又一遍地說，還繞著他跳舞，戳他的肋骨。

「我不是六歲，我九歲了。」他大聲抗議，想要逃走。

「那你怎麼會這麼矮？」妖怪反問。「別的九歲小孩都比你高。」

這話倒是真的，而且是踩到了布魯諾的痛腳。每次想到自己不像班上其他男生那麼高，他都會很沮喪。說真的，大部分時候他只到同學的肩膀那麼高。當他和卡爾、丹尼爾與馬丁走在街上，有時就會有人誤認他是其中一個人的弟弟，可是其實在四個人裡面，他是年紀第二大的。

「所以你一定只有六歲。」那個妖怪死不改口，而布魯諾就會逃走，做伸展運動，盼望自己某天早晨醒來就長高了一、兩英尺。

離開柏林倒是有一件好事，那就是葛蕾朵那些討厭的朋友不會再來折磨他了。說不定他要是不得不在新房子裡住一陣子，甚至住上一個月，等他們回家的時候，他就會長高，那她們就再也不能捉弄他了。反正如果他要照媽媽說的，既來之則安之，那麼這一點倒是可以記在心裡。

他跑進葛蕾朵的房間，懶得敲門，發現她正把洋娃娃擺在房間四面的架子上。

「你進來幹什麼？」她突然轉過來，大吼著。「你不知道進入女士的房間之前要先敲門嗎？」

「妳不會把所有的洋娃娃都帶來了吧？」布魯諾問。他養成了一種習慣，就是不去理睬姊姊大多數的問題，反而提出自己的問題。

「廢話！」她回答。「你以為我會把她們留在家裡嗎？等我們回去可能是好幾個禮拜之後的事了。」

「幾個禮拜？」布魯諾說，聽起來像是失望，其實卻暗自竊喜，因為他還認命地以為會住上一整個月呢。「妳真的這麼想嗎？」

「我問過爸爸，他說在可預見的將來我們會住在這裡。」

「『可預見的將來』到底是什麼意思？」布魯諾問，在姊姊的床上坐了下來。

「意思就是幾個禮拜以後。」葛蕾朵說，慧黠地點了點頭。「可能是三個禮拜。」

「那還可以，」布魯諾說。「只要真的是可預見的將來，不是一整個月就好。我討厭這裡。」

葛蕾朵看著弟弟，發現自己終於有跟他意見一致的一次。「我知道你的意思。」她說。「這裡不怎麼樣，對不對？」

「可怕透了。」布魯諾說。

「唔，沒錯。」葛蕾朵也承認。「目前是很可怕，可是等房子稍微整理過之後，說不定就不會那麼糟了。我聽見爸說之前住在這個『奧特—喂』裡的人丟了工作，來不及幫我們把房子打掃乾淨。」

「『奧特—喂』？」布魯諾問。「『奧特—喂』是個什麼東西？」

「『奧特—喂』不是一個什麼東西，布魯諾。」葛蕾朵嘆口氣說。「『奧特—喂』就是『奧特—喂』。」

「那到底什麼是『奧特—喂』嘛？」他仍不死心。「『奧特—喂』什麼啊？」

「那是這棟屋子的名字。」葛蕾朵解釋。「『奧特—喂』。」

布魯諾想了想。他沒有在房子外頭看見有門牌寫著這個名字，也沒在大門上看見。他們在柏林的家根本就沒有名字，就只是「四號」。

「可是這到底是什麼意思呢？」他懊惱地問。「到底誰『奧特』啊？」

「我想是之前住在這裡的人『奧特』了。」葛蕾朵說。「一定是因為他工作沒做好，有人就說他『奧特』了，換個能幹的人來。」

「也就是爸爸。」

「當然啊。」葛蕾朵說，她每次說起爸爸都像是他從沒犯過錯、從不生氣，而且總是在她上床睡覺之前過來親吻她道晚安一樣。其實布魯諾要是公平一點，不老是為搬家生悶氣，他也會承認爸爸真的是這樣。

「所以我們搬到『奧特—喂』這裡，是因為有人叫我們之前的人『奧特』？」

「一點也沒錯，布魯諾。」葛蕾朵說。「你給我下來，你把床單弄亂了。」

布魯諾跳下床，砰一聲落在地毯上。他不喜歡這個聲音，太空洞，當下他就決定最好還是不要在這棟房子裡太常跳上跳下的，不然房子可能會倒塌。

「我不喜歡這裡。」布魯諾第一百次說。

「我知道你不喜歡，」葛蕾朵說。「可是我們也沒辦法啊，對不對？」

「我好想卡爾、丹尼爾和馬丁喔。」布魯諾說。

「我也想希爾妲、伊莎貝和露易絲啊。」葛蕾朵說，布魯諾盡力去回想哪一個女生是那個妖怪。

「我覺得其他的小孩看起來一點也不和氣。」布魯諾說。葛蕾朵本來正在把她的一個恐怖洋娃娃往架上放，一聽見這句話立刻停下來，轉過來瞪著布魯諾。

「你剛才說什麼？」她問。

「我說，我覺得其他的小孩看起來一點也不和氣。」他再說一次。

「其他小孩？」葛蕾朵問，語氣困惑。「哪來其他小孩？我怎麼一個也沒看見？」

布魯諾想了想，在開口之前先看了房間一圈。這個房間也有一扇窗子，不過葛蕾朵的房間是在走廊的另一邊，正對著他的房間，所以方向完全相反。他盡量不要表現得太明顯，漫不經心地晃向窗邊，雙手插在短褲口袋裡，吹著一首不成調的歌，故意不看姊姊。

「布魯諾？」葛蕾朵追問。「你到底在幹什麼？你是不是腦筋燒壞了？」

他照樣慢慢地晃，照樣吹他的口哨，照樣不看姊姊，一直走到了窗前。運氣不錯，窗戶夠低讓他可以望出去。他看著外面，載他們過來的汽車停在那裡，還有三、四輛爸爸手下阿兵哥的車。有些阿兵哥正站在外面抽菸，不知說了什麼在笑，同時緊張兮兮地抬頭看屋子。再過去是車道，車道再過去是森林，看起來像是個探險的好地方。

「布魯諾，麻煩你解釋一下剛才那句話是什麼意思好嗎？」葛蕾朵說。

「那邊有森林。」布魯諾說，不理她。

「布魯諾！」葛蕾朵生氣了，一個箭步就衝到他面前，嚇得他從窗邊跳開，抵著牆壁。

「幹嘛？」他問，假裝不知道她在說什麼。

「其他的小孩。」葛蕾朵說。「你說他們看起來一點也不和氣。」

「真的是啊。」布魯諾說，不希望在見面之前以外表來評斷他們，媽媽一遍又一遍告誡過他不能以貌取人。

「到底是哪兒來的小孩？」葛蕾朵問。「在哪裡啊？」

布魯諾微笑，走向門口，示意葛蕾朵跟著他。她重重嘆了口氣，跟了上去，先停下來把洋娃娃放在床上，又改變了主意，把洋娃娃拿起來緊抱在胸前，走進弟弟房間，差點就被衝出來的瑪麗亞給撞倒，她手上拎著一個很像是死老鼠的東西。

「他們在外面那裡。」布魯諾說，他已經走到了自己房間的窗戶邊，望著窗外。他並沒有轉身看姊姊跟進來了沒有，他太忙著看外面的人走動。好一會兒，他根本就忘了姊姊也在房間裡。

葛蕾朵仍舊是站在幾英尺外，巴不得趕快親眼看看，可是布魯諾說話的口氣還有望著窗外的樣子，讓她突然緊張起來。布魯諾從來就沒能捉弄她，她也相當肯定他現在不是在捉弄她，可是他站在那兒的樣子就是讓她不敢肯定她是不是想要看那些小孩。她緊張地吞口水，無聲地祈求上帝他們真的會在可預見的將來返回柏林，而不是得像布魯諾說的住上一整個月。

「怎麼啦？」布魯諾問，轉過身來，看見姊姊站在門口，緊抱著洋娃娃，兩條金黃色的馬尾平均落在肩膀上，正適合去拉扯。「妳不過來看看嗎？」

「我當然要看。」葛蕾朵說，猶豫不決地朝弟弟走去。「你讓開啊。」她邊說邊用手肘頂開他。

搬入「奧特—喂」的第一天下午陽光普照，葛蕾朵從窗戶往外看去，太陽正好從一朵雲後露出臉來，但等她的眼睛適應過來，太陽又消失了，而她確確實實看到了布魯諾所說的景象。

Chapter

4

窗外的景象

What They Saw Through the Window

首先，他們根本就不是小孩，至少不是每一個都是。那些人中有小男生和大男生、做爸爸的和做爺爺的，可能還有做叔叔的，還有的是孤苦伶仃、似乎一個親戚也沒有的，他們就是每天都可以看見的普通人。

「他們是誰啊？」葛蕾朵問，張大了嘴，就像弟弟最近經常做的動作一樣。「這到底是什麼地方？」

「我也不知道，」布魯諾說，盡量實話實說。「可是我知道這裡沒有家裡那麼好。」

「為什麼都沒有女生？」她問。「還有媽媽呢？奶奶呢？」

「搞不好是住在別的地方。」布魯諾猜測。

葛蕾朵同意。她不想繼續看下去，可是又很難把視線轉開。到目前為止，她看見的只是窗戶外面的森林，看起來有點陰暗，但是森林裡如果有空地的話，倒是個野餐的好地方。可是從房子這一頭看出去，景色卻是大不相同。

靠近房子的風景其實還不錯，布魯諾的房間窗下就是花園，而且還是相當大的花園，開滿了鮮花，一塊一塊地種得很整齊，一看就知道是經過某個人的苦心栽培，而且這個人知道在這裡種花是他們能夠做的好事，就像是陰暗的冬天夜晚，荒野上大霧彌漫，在一幢龐大城堡的角落點上一根小小的蠟燭一樣。

花壇過去有一條可愛的走道，還有一張木椅，葛蕾朵可以想像坐在陽光下讀書的情景。木椅頂端嵌了塊牌子，從窗口沒辦法看出上頭刻了什麼字。木椅面對著房子，通常這樣的擺設很奇怪，但是在這裡葛蕾朵能夠理解為什麼木椅要面向房子。

花園、花朵、有牌子的木椅再過去二十英尺左右，景色就完全改變了。沿著房子拉起了大鐵絲網圍籬，在兩邊的盡頭向內折，繼續延伸，延伸到她的視線範圍之外。圍籬很高，比他們這棟屋子還要高，而且還有很大的木頭柱子，像是電線杆一樣分布在圍籬之間，撐住圍籬。圍籬的頂端還用鐵絲纏成尖尖的鐵刺，葛蕾朵看著那一大堆尖銳的鐵刺，心裡突然感到一陣痛。

圍籬內連一根青草也沒有，事實上，在她看得見的範圍內沒有一絲綠意，整個地面都是用沙子似的東西鋪成，而且她放眼望去，除了低矮的房屋和正方形的大建築之外，什麼也看不到，遠處還看見一、兩根煙囪。她開口想說些什麼，可是一開口才發現她想不出有什麼話能表達她的驚訝，所以只好做出唯一一件合理的舉動，就是閉上嘴巴。

「看吧。」布魯諾從房間角落說，覺得很得意，因為不管外面是什麼——不管那些人是誰——都是他先看到的，而且只要他想看，每天都看得到，因為那就在他的臥室窗外，不是在姊姊的臥室窗外，所以是他一個人的，他們看到的東西都是他的，他是國王，而姊姊只是個低下的臣子。

「我不懂，」葛蕾朵說。「誰會蓋這麼一個難看的地方？」

「真的很難看，對不對？」布魯諾附議。「我覺得那些房子只有一層樓，看它們有多矮。」

「那些一定是現代的摩登房子。」葛蕾朵說。「爸爸最討厭摩登的東西了。」

「那他也不會很喜歡那些房子。」布魯諾說。

「對。」葛蕾朵回答。她站了很久，瞪著那些房子。她今年十二歲，又是班上數一數二的聰明女生，所以她緊抿著嘴唇，瞇起眼睛，絞盡腦汁想理解眼前的景象究竟是什麼。最後，她只能想到一個解釋。

「這裡一定就是鄉下。」葛蕾朵說，轉過身來得意地看著弟弟。

「鄉下？」

「對，只有這個可能，你不懂嗎？我們家是在柏林，那是城市裡，所以才會有那麼多人、那麼多房子，學校也都滿滿的，禮拜六下午要不是推過來擠過去的，你就沒辦法穿過市中心。」

「對……」布魯諾說，一直點頭，想要跟上姊姊的速度。

「可是我們在地理課上過，鄉下是農夫住的，有一大堆動物，而且我們吃的東西都是他們種的，大家就住在像這樣的大區域裡面幹活，把所有的食物都送去餵飽我們。」她再次看著窗外那一大片綿延的土地以及每棟屋子之間的距離。「錯不了，這裡一定就是鄉下，說不定這裡是我們的度假小屋呢。」她滿懷希望地說。

布魯諾想了想，搖搖頭。「我覺得不是。」他很有信心地說。

「你才九歲。」葛蕾朵反駁他。「你懂什麼？等你像我一樣大的時候，你才會比較懂事一點。」

「也許吧。」布魯諾說，他知道自己年紀小，卻不認為年紀小，他就什麼都不懂。「可是如果真的像妳說的一樣，這裡是鄉下，那為什麼沒有妳說的那些動物呢？」

葛蕾朵張嘴要回答，卻想不出能說什麼，只好再次看著窗外，東張西望想找動物，然而卻一隻也沒看見。

「應該會有牛啊、豬啊、羊啊、馬啊的。」布魯諾說。「我是說如果這裡是農場的話，當然一定也會有小雞、小鴨啊。」

「可是卻一隻也沒有。」葛蕾朵平靜地承認。

「要是就像妳說的那樣，他們在這裡種東西，」布魯諾乘勝追擊，得意得不得了，「那我想土地上看起來應該比這裡漂亮多了，對不對？我覺得有那麼多沙子一定什麼都種不出來。」

葛蕾朵再一次看著窗外，點點頭，因為事實顯然對她不利，她並沒有笨到每次爭論都一口咬定自己是對的。

「那這裡也可能不是農場。」她說。

「絕不是。」布魯諾也說。

「也就是說，這裡一定不是鄉下。」她接著說。

「對，我也覺得不是。」他回答。

他在床鋪坐下，有一會兒還以為葛蕾朵會在他身邊坐下來，摟著他，告訴他一切都會沒事，遲早他們會喜歡上這裡，不想回柏林去了。可是她仍站在窗前往外看，而且這一次她看的不是花兒、小徑或有牌子的長椅，不是高聳的圍籬、木頭電線杆、鐵絲網、鐵絲網後的堅硬地面、矮房子、小建築或煙囪；這一次，她看的是人。

「那些人是誰啊？」她小聲地問，好像不是在對布魯諾說話，而是希望別人給她答案。「他們在那裡幹什麼？」

布魯諾站起來，姊弟倆第一次站在一起，肩並著肩，瞪著距他們新家五十英尺內發生的事。

他們無論往哪個方向看都會看到人，高的、矮的、老的、小的，每一個都在走動。有些是一群群呆呆站著，手垂在身體兩側，當阿兵哥經過他們面前時盡量把頭抬高，而那個阿兵哥的嘴巴一張一合，好像是朝他們吼叫。有些人像是排成一條長長的隊伍，推著獨輪手推車，從營地這頭推到另一頭，從某個看不見的地方出來，再把他們的手推車推到一棟房子後面，消失不見。還有些人靜靜站在房子附近，瞪著地面，彷彿是在玩不想被人看見的遊戲；還有拄枴杖的、頭上紮著繃帶的。有些人扛著圓鍬跟著一隊阿兵哥到某個地方去，一去就不見了人影。

布魯諾和葛蕾朵可以看見上百個人，可是眼前的房子實在太多了，營地也延伸到他們的視線範圍之外，所以看起來外頭的人應該是有好幾千個。

「而且跟我們住得這麼近。」葛蕾朵皺著眉頭說。「我們在柏林那條安靜的街上只有六棟房子，這裡的房子卻那麼多。爸爸幹嘛要接受這種新工作，住在這麼難看的地方，有那麼多的鄰居？一點道理也沒有啊！」

「看那邊！」布魯諾說，葛蕾朵朝他手指著的方向望去，看見了遠處一棟屋子裡有一群小孩出來，他們縮在一起，一隊阿兵哥對著他們大呼小叫。阿兵哥吼得愈兇，小孩們就縮得愈緊，接著一個阿兵哥朝他們衝去，他們立刻散開來，乖乖地遵照阿兵哥的吩咐，排成了一條直線。而那些阿兵哥則放聲大笑，為他們喝采。

「他們一定是在排演。」葛蕾朵猜測，忽略了眼前的事實，也就是有些孩子好像在哭，有的是大一點的孩子，甚至還有跟她一樣大的。

「我就說這裡有小孩吧。」布魯諾說。

「可不是我想要跟他們玩的那種小孩。」葛蕾朵用果斷的聲音說。「他們髒死了。希爾妲、伊莎貝和露易絲每天早上都洗澡，我也是。那些小孩看起來像是一輩子沒洗過澡似的。」

「那邊看起來真的是很髒。」布魯諾說。「搞不好是他們沒有洗澡間呢？」

「別笨了！」葛蕾朵說，完全不顧她時常被訓誡不可以罵弟弟笨。「什麼人會連洗澡間都沒有？」

「我不知道。」布魯諾說。「沒有熱水的人？」

葛蕾朵又看了幾分鐘，打了個冷顫，轉過身說：「我要回我房間整理洋娃娃了。我那邊的景色鐵定比這裡漂亮多了。」

她說完就離開了。她穿過走廊，回到房間，關上了門，但是沒有回頭去整理洋娃娃，而是坐在床上，腦海中千頭萬緒，紛亂不已。

而她的弟弟看著上百個人在遠處活動，腦海中卻閃過了最後一個想法，就是他們每一個人——小男生、大男生、做爸爸的、做爺爺的、做叔叔的、孤苦伶仃似乎一個親戚也沒有的——每一個人都穿得一模一樣：身上是灰條紋睡衣，頭上戴著灰條紋無邊帽。

「真是太奇怪了。」他喃喃說著，轉過身去。

Chapter

5

禁止進入，絕無例外

Out of Bounds At All Times and No Exceptions

只有一個辦法，就是去找爸爸。

爸爸並不是今天早晨跟他們一起坐車從柏林過來的，他提早了幾天先走，就是在布魯諾回家來發現瑪麗亞在亂翻他的東西——包括那些他藏在衣櫃最裡面、屬於他個人、別人管不著的物品的那天晚上。往後幾天，媽媽帶著葛蕾朵、瑪麗亞、廚子、拉爾斯和布魯諾，忙著把所有東西都裝箱，搬上大卡車，運送到他們的新家來。

臨行的那天早晨，房子空盪盪的，一點也不像他們真正的家，最後一批東西也收入了行李箱裡，一輛車頭插著紅黑旗子的公務車停在他們家門口，把他們載走了。

媽媽、葛蕾朵和布魯諾是最後離開家的人，布魯諾覺得媽媽一定是不曉得女傭仍然站在那裡，因為他們最後一次環顧空盪盪的門廳——這裡在聖誕節時會立著一棵聖誕樹，這裡在冬季會有濕淋淋的雨傘插在傘架裡，這裡是布魯諾應該要把沾滿泥巴的鞋子脫下來，可是他從來也沒照辦過的地方——之後，媽媽搖搖頭，說了很奇怪的話。

「我們真不該讓『炎首』來吃飯的。」她說。「某人就是一心一意想要爬到別人的頭上。」

說完這句話，她轉過身，布魯諾看見她的眼中含淚，可是她一看見瑪麗亞在那裡看著她，就嚇得跳了起來。

「瑪麗亞，」她說，聽起來像是嚇了一大跳。「我以為妳坐上車了。」

「我馬上就走，夫人。」瑪麗亞說。

「我不是那個意思——」媽媽開口說，隨即甩甩頭，又開口說。「我不是要妳——」

「我馬上就走，夫人。」瑪麗亞還是這句話，她一定是不知道不可以打斷媽媽說話。她一溜煙就穿過了前門，奔向汽車。

媽媽皺起了眉頭，但只是聳聳肩，彷彿再沒有什麼要緊的了。「走吧，布魯諾。」她說，牽起他的手，鎖上了門。「我們只能希望將來有一天當這一切都結束了，我們還能回來。」

車頭插小旗的公務車把他們送到火車站，寬敞的月台分隔了兩條鐵路，月台兩邊都有列車在等候旅客上車。因為另一邊有許多士兵在行進，還有一間信號手的長屋子隔開了兩條鐵路，所以布魯諾只看出有一大堆的人。沒多久他就隨著家人上車了，這節車廂非常舒適，乘客很少，有很多空位，窗子放下來後空氣很新鮮。他心想，要是兩列火車開往不同的方向，那就不會這麼奇怪了，可是卻偏偏不是，兩列火車都是朝東走。有一會兒，他考慮是不是要衝到月台的另一邊，告訴那些人他這節車廂裡還有空位，但他又決定還是算了，因為直覺告訴他，他這麼做就算不會惹媽媽生氣，也可能會惹惱了葛蕾朵，而惹惱了葛蕾朵他就更慘了。

抵達了「奧特—喂」和他們的新家之後，布魯諾就一直沒看見爸爸。稍早時房門打開，他還以為是爸爸在臥室裡，結果出來的卻是一個不友善的年輕阿兵哥，冷冰冰地瞪著布魯諾。他到處都沒聽到爸爸的大嗓門，也沒聽到他的皮靴重重踩在樓下的地板上，可是屋裡絕對是有人在來來去去。他正在那裡天人交戰，決定怎麼做才是最好的時候，樓下突然傳來好大的騷動，他趕緊跑到走廊上，趴在欄杆上看是怎麼回事。

他看見樓下爸爸辦公室的門敞開著，五個人站在外面，大聲地笑，彼此握手。爸爸是核心人物，一身剛熨燙過的制服，看起來英挺極了。他濃密的黑髮顯然是抹了髮油、梳理過。布魯諾居高臨下觀看，對爸爸是又敬又畏。他也不喜歡其他人的樣子，他們當然沒有爸爸英俊，制服也不像爸爸的那麼挺，他們的聲音沒有爸爸那麼響，皮靴也沒有爸爸的亮。他們都把帽子夾在腋下，似乎在爭著吸引爸爸的注意。從樓下飄上來的話聲中，布魯諾只聽懂一點點。

「……一到這裡就犯錯，最後『炎首』別無選擇，只好……」一個人說。

「……紀律！」另一個人說。「還有效率！我們從一九四二年開始就缺乏紀律，而少了……」

「……很清楚，數字說得很清楚。很清楚，司令官……」第三個人說。

「……如果再建一個，」最後一個人說，「想想看到時候我們能做多少……光是想像……」

爸爸舉起了一隻手，其他人立刻就閉上了嘴巴，好像他是男聲四重唱的指揮似的。

「各位，」他說，這一次布魯諾每個字都聽得很清楚，因為世界上沒有一個人能比爸爸更厲害，他從房間這一頭說話，就連另一頭的人都聽得見。「我很感激你們的建議和鼓勵。過去的都過去了，我們現在有了全新的開始，但是這個全新的開始還是延到明天吧。目前我還是先協助家人安頓下來，否則的話我在這屋裡就跟那些在外面的人一樣會有大麻煩的，各位了解吧？」

四個人都大笑起來，跟爸爸握手，離開前他們排成一排，像是玩具兵，手臂突然伸出。爸爸教過布魯諾敬禮，掌心放平，從胸膛舉向空中，動作要乾淨俐落，同時喊出那幾個字。布魯諾也被教過，只要有人對他說出這幾個字，他也得說同樣的話來回應。接著他們離開了，爸爸回到了辦公室，也就是「禁止進入，絕無例外」的禁地。

布魯諾慢慢下樓，在辦公室門口猶豫了一會兒。他覺得很難過，他們抵達新家一個小時了，爸爸都沒上來跟他說哈囉，不過大人們在許多時候都向他解釋過爸爸是個大忙人，不能老是拿說哈囉這類的蠢事去打擾他。可是現在那些阿兵哥走了，他覺得去敲門應該沒關係。

還在柏林的時候，布魯諾只有在絕無僅有的幾次機會裡進去過爸爸的辦公室，而通常那是因為他又頑皮了，需要嚴厲的口頭訓誡。不過，在柏林的家裡那條有關爸爸辦公室的規則是布魯諾學過最重要的一條規則，他也沒有傻到以為換成了「奧特—喂」這裡就不適用了。可是他們父子倆幾天沒見面了，他覺得現在敲門的話，應該沒有人會介意才對。

所以他戰戰兢兢地敲了門。兩次，而且聲音很小。

也許爸爸沒聽見，也許布魯諾敲得不夠用力，反正就是沒有人來開門，所以布魯諾再敲一次，這次敲得比較用力，一敲門他就聽見爸爸中氣十足的聲音說：

「進來！」

布魯諾轉動門把，打開門跨了進去，一進門，他的習慣動作——瞪大眼，嘴巴呈O形，手臂伸出——就立刻出現。這棟屋子的其他部分可能有些幽暗陰沉，沒有多少探險的機會，但是這個房間卻是另當別論。先說天花板吧，是挑高的，而且腳下的地毯也軟綿綿的，讓布魯諾覺得好像要陷了進去。牆壁幾乎被深色的桃花心木書架完全遮住了，架上擺滿了書，就跟柏林的房子裡那間書房一樣。面對他的那面牆有幾扇好大的玻璃窗，玻璃窗朝外面的花園突出，可以擺上舒服的椅子。而在房間的中央有一張巨大的橡木桌，爸爸就端坐在桌後。布魯諾進門後，爸爸放下文件，抬起頭來，臉上露出大大的笑容。

「布魯諾。」他說，從桌後繞出來，結結實實地跟他握了握手，因為爸爸並不是那種會擁抱的人，不像媽媽和奶奶，她們有時候實在是抱得太多了一點，還會親得他滿臉濕濕的。「我的兒子。」過了一會兒他又補上一句。

「嗨，爸爸。」布魯諾輕聲說，有點被房間的富麗堂皇給嚇住了。

「布魯諾，我本來再過幾分鐘就要上樓去看你了，真的，我發誓。」爸爸說。「我剛開完會，還得寫封信。你們一路平安吧？」

「是的，爸爸。」布魯諾說。

「你有乖乖幫忙媽媽和姊姊收拾家裡？」

「有，爸爸。」布魯諾說。

「好，你做得很好。」爸爸稱讚他，「坐下來，兒子。」

他指著面對辦公桌的一張寬扶手椅，布魯諾爬上去坐，腳還搆不著地呢，而爸爸則回到辦公桌後方坐下，瞪著他。好一會兒父子倆誰也沒說話，最後還是做爸爸的打破了沉默。

「兒子啊，」他問，「你覺得怎麼樣？」

「我覺得怎麼樣？」布魯諾反問。「我覺得怎麼樣？」

「你的新家啊，你喜歡嗎？」

「不喜歡。」布魯諾答得很快，因為他總是盡量實話實說，而且他也知道只要猶豫一秒鐘，他就不會有勇氣說出心裡的話。「我覺得我們應該回家去。」他又勇敢地加上一句。

爸爸的笑容稍微變得黯淡，眼光向下瞄了信件一會兒才又抬起眼睛，彷彿是要仔細斟酌該怎麼回答。「我們已經在家裡了，布魯諾。」他終於用溫柔的聲音說。「『奧特—喂』就是我們的新家。」

「那我們什麼時候回柏林去？」布魯諾問，聽見爸爸這麼說，一顆心不由得往下沉。「那邊要好多了。」

「好了，好了，」爸爸說，不想聽布魯諾說這種話。「別這麼說。」他說。

「家並不是建築、街道、城市或是像磚頭、泥灰那麼人工的東西。一家人在哪裡，家就在哪裡，不是這樣嗎？」

「是沒錯，可是——」

「而我們一家人是在這裡啊，布魯諾，在『奧特—喂』。由此之故，這裡當然就是我們的家。」

布魯諾不曉得「由此之故」是什麼意思，不過他也不需要曉得，因為他有個很聰明的回應。「爸爸，可是爺爺、奶奶還在柏林啊。」他說。「他們也是我們的家人啊，所以這裡怎麼會是我們的家呢？」

爸爸想了想，點點頭，停了很久才回答。「對，布魯諾，他們是我們的家人，可是你跟我還有媽媽、葛蕾朵，才是我們家裡最重要的人，而現在我們要住在這裡，在『奧特—喂』這裡。好了，別那麼一臉不高興的樣子嘛！」（因為布魯諾真的是擺出了一副苦瓜臉。）「你連試都還沒試過呢，你很可能會喜歡上這裡的。」

「我不喜歡這裡。」布魯諾死不改口。

「布魯諾……」爸爸用疲憊的聲音說。

「卡爾不在這裡，丹尼爾不在這裡，馬丁也不在這裡，附近沒有別的房子，沒有蔬菜水果攤，沒有街道，沒有桌子擺在外面的咖啡館，也沒有人在禮拜六下午把你推過來擠過去的。」

「布魯諾，有時候有些事情我們並沒有選擇，非做不可，」爸爸說，布魯諾聽得出來他對這次的談話漸漸感到不耐煩了。「恐怕這次就是那種事。這是我的工作，重要的工作，對我們國家很重要，對『炎首』很重要。將來有一天你會明白的。」

「我想回家。」布魯諾說。他感覺到淚水湧了上來，一心一意只想讓爸爸明白這個「奧特—喂」是多可怕的地方，讓爸爸同意他們該回家去了。

「你得明白你現在就在家裡了。」可是爸爸卻這麼說，害布魯諾好失望。「在可預見的將來就是這樣。」

布魯諾閉上眼睛。他並不是常這樣硬要別人順著他的心意做事，而且他來找爸爸的時候，也沒有妄想著要爸爸改變本來的想法，可是一想到要住下來，一想到要住在這麼一個恐怖的地方，根本沒有人和他玩，他簡直是受不了了。過了一會兒，他睜開眼睛，爸爸已經從辦公桌後面繞出來，坐在他旁邊的扶手椅上。布魯諾看著爸爸打開一個銀盒子，抽出一根菸，在桌上輕敲了幾下才點燃。

「我記得我小時候，」爸爸說，「我不想做某些事情，可是我爸爸說要是我做了對大家比較好，所以我只好硬著頭皮去做了。」

「什麼樣的事情？」布魯諾問。

「喔，我忘了，」爸爸說，聳聳肩。「反正不是什麼重要的事。我那時還很小，不知道怎麼樣才最好，比方說，有時候我不想待在家裡把功課做完，我想到街上去，跟我的朋友玩，就像你一樣。現在我回想起來，才發現我真是傻。」

「那麼你知道我是什麼感覺了。」布魯諾滿懷希望地說。

「對，可是我也知道我爸爸，就是你的爺爺，知道怎麼做才是最好的，而且我每次乖乖聽話，心情就最好。你覺得要是我沒學會什麼時候該據理力爭，什麼時候該閉緊嘴巴聽從命令，我今天能這麼成功嗎？怎麼樣，布魯諾？你說呢？」

布魯諾東看西看，視線落在房間一角的玻璃窗上，透過玻璃他能看見窗外的景色。

「你是不是做錯了什麼？」他過了一會兒才問。「所以惹火了『炎首』？」

「我？」爸爸問，驚訝地看著他。「這是什麼意思？」

「你是不是搞砸了什麼？我知道大家都說你是大人物，『炎首』很器重你，可是你要是沒有做錯什麼，他怎麼會故意把你調到這裡來處罰你呢？」

爸爸哈哈大笑，卻讓布魯諾更加沮喪；最能夠激怒他的事情莫過於因為無知而被大人嘲笑了，尤其是在他拚命想找出答案來的時候。

「你不了解這樣一個職位有多重要。」爸爸說。

「我覺得要是我們得離開一個很舒服的家和我們的朋友，搬來一個這麼可怕的地方，那你的工作一定沒有做得很好。我覺得一定是你做錯了什麼，你應該去跟『炎首』道歉，說不定就會沒事了。要是你真心誠意地道歉的話，搞不好他會原諒你。」

這些話在他還沒有時間思索是否合理之前就衝出了口；此時聽到話聲飄浮在空氣中，他才覺得他不應該對爸爸說這些話，可是說都說了，他也沒辦法收回來了。布魯諾緊張地嚥口水，幾分鐘的沉默之後，他偷瞄爸爸，發現爸爸臉色鐵青地瞪著他。布魯諾舔舔嘴唇，別開臉，覺得迎向爸爸的目光不是個好主意。

過了沉默又彆扭的幾分鐘後，爸爸慢慢站了起來，走回辦公桌後，把香菸擺在菸灰缸上。

「我想你是在勇敢表達自己的想法，」過了一會兒他才平靜地說，彷彿是在腦子裡和自己爭辯，「而不是故意不尊敬長輩。也許這不是件壞事。」

「我不是故意——」

「你現在該閉嘴了。」爸爸說，拉高了嗓門，打斷布魯諾的話，因為一般的家規都不適用在爸爸身上。「我一直都很體諒你的心情，布魯諾，因為我知道這次搬家對你來說不容易。而且我也聽了你要說的話，即使你的年輕和缺乏經驗讓你把話說得很不得體，你也注意到我並沒有因為你的話而動怒，可是該是你接受事實的時候了——」

「我不想接受！」布魯諾大吼，訝異地直眨眼，因為他自己也不知道會大吼大叫。（說真的，他自己也嚇了一大跳。）他微微一僵，準備在必要時拔腿就跑，可是今天似乎什麼事都不會惹爸爸生氣——要是布魯諾夠誠實的話，他會承認爸爸真的很少生氣，他只是話變得很少、很疏遠，而且最後反正一定都是他要怎樣就怎樣——所以爸爸沒有對他大吼，也沒有繞著房間追著他跑；爸爸只是搖搖頭，表示他們的爭論到此結束。

「回你房間去，布魯諾。」他的聲音好平靜，布魯諾知道爸爸現在說一是一，說二是二，所以站了起來，眼中浮出挫敗的淚水。他朝門口走，但在開門之前，他轉過去，問了最後一個問題。「爸？」他說。

「布魯諾，我不想——」爸爸惱怒地開口。

「不是那樣啦。」布魯諾趕緊說。「我只是還有一個問題。」

爸爸嘆口氣，還是准許他發問，卻表明到此為止，不准再多說。

布魯諾研究著心中的問題，想要用最正確的方式表達出來，以免話一出口又顯得無禮或故意作對。「外面那些人是誰啊？」他終於問了。

爸爸的頭向左邊一歪，似乎被這個問題搞糊塗了。「阿兵哥啊，布魯諾。」他說。「還有秘書、工作人員，你以前不是都見過嗎？」

「不，不是他們，」布魯諾說。「是我從窗戶看到的人。在那些房子裡，隔了很遠的地方，他們都穿得一模一樣。」

「喔，那些人啊。」爸爸說，點點頭，淡淡一笑。「那些人……唔，他們根本就不是人，布魯諾。」

布魯諾皺起了眉頭。「不是人？」他問，不確定爸爸這麼說是什麼意思。

「起碼不是我們說的人。」爸爸接著說。「不過目前你不用去管他們，他們和你沒有關係，你跟他們一點共同點都沒有。你只要安頓下來，乖乖聽話，我只要求這麼多。接受你置身的環境，一切就會輕鬆多了。」

「是，爸爸。」布魯諾說，很不滿意爸爸的答覆。

布魯諾打開了門，爸爸又把他叫住。爸爸站了起來，揚起一邊的眉毛，好像布魯諾忘了什麼。布魯諾一瞧見爸爸的動作，立刻就想了起來，他馬上學爸爸的模樣喊出了那句話。

他兩腿併攏，右手俐落地伸向天空，雙腳鞋跟敲在一起，儘可能用低沉清晰的聲音——儘可能跟爸爸的聲音一樣——說出每次阿兵哥離開之前都會說的那句話。

「希特勒萬歲！」他說，他認為這句話的意思就像是「好，再會了，祝你有個愉快的下午」。

Chapter

6

薪資過高的女傭

The Overpaid Maid

幾天之後，布魯諾躺在床上瞪著頭上的天花板，白色油漆龜裂剝落，看著就讓人討厭，不像柏林的房子，油漆從來就不會龜裂，而且每年夏天媽媽都會找裝潢的人來重新粉刷一遍。這天下午，他躺在床上，瞪著蜘蛛網似的裂痕，瞇起眼睛猜想裂痕後面不知躲了什麼東西。他想像有昆蟲住在油漆和天花板之間，把油漆向外推，撐開裂縫，愈撐愈大，最後弄出一個開口，讓牠們能擠出來，找到窗子，展開大逃亡。布魯諾心想，沒有一樣東西會想要住在「奧特—喂」這裡，就連蟲子也一樣。

「這裡不管什麼都恐怖到極點！」他大聲說出來，即使附近根本沒人聽，可是說出來之後他還是覺得舒坦了一些。「我討厭這個地方，我討厭我的房間，連油漆都討厭，統統都討厭！」

剛說完，瑪麗亞就走進了房門，捧著她洗好、曬乾、熨好的衣服。看見布魯諾躺在床上，她遲疑了一下，但接著便微微低頭，默默地走向衣櫃。

「哈囉。」布魯諾說，因為儘管跟女傭說話與跟朋友說話並不完全一樣，可是附近又沒有人可以說話，跟女傭說話總比自言自語要來得合理。葛蕾朵不知道跑到哪裡去了，他開始擔心會因為無聊而發瘋了。

「布魯諾少爺。」瑪麗亞輕聲說，把他的內衣和長褲、內褲分開來，分別放入不同的抽屜、不同的架子上。

「我猜妳跟我一樣，對這種新安排一點也不高興吧。」布魯諾說。瑪麗亞轉過來看他，臉上的表情說明她不明白他的意思。「這個。」布魯諾解釋，坐了起來，左顧右盼。「這裡的一切，真可怕，對不對？妳不會討厭嗎？」

瑪麗亞張開嘴想說什麼，卻又立刻閉上。她似乎是在小心斟酌自己的反應，挑選最適當的言詞，正準備要說出來，又改變了主意，乾脆不說了。布魯諾認識她幾乎一輩子了——他三歲大，瑪麗亞就來幫傭了——大多數的時候，他們相處得還算融洽，可是以前她也沒表現出什麼讓你特別感覺到她的存在。她只是做著她分內的事：擦家具、洗衣服、幫忙採購、煮飯，有時接送他上下學，不過這是他八歲時的事；等布魯諾年滿九歲，他就決定自己夠大，可以一個人上下學了。

「難道你不喜歡這裡？」她終於說。

「喜歡？」布魯諾笑了一聲。「喜歡？」他又說一次，這次比較大聲。「我當然不喜歡！這裡可怕死了，沒事可以做，沒人可以說話，也沒人可以玩。妳總不會要告訴我妳很高興搬來這裡吧？」

「我一直都喜歡柏林房子的花園。」瑪麗亞說，完全答非所問。「有時候，下午天氣暖和的話，我喜歡坐在花園裡曬太陽，在池塘邊的常春藤樹下吃午飯。那裡的花開得好漂亮、好香，蜜蜂忙著採蜜，只要你不去招惹牠們，牠們也不會來招惹你。」

「所以妳不喜歡這裡？」布魯諾問。「妳跟我一樣覺得很可怕？」

瑪麗亞皺眉。「不重要。」她說。

「什麼不重要？」

「我的看法。」

「當然重要啦！」布魯諾懊惱地說，好像她是故意找他麻煩似的。「妳也是這家裡的人啊，不是嗎？」

「我想你爸爸可能不會同意你這麼說。」瑪麗亞說，露出了微笑，因為他的話讓她很感動。

「妳是在違反妳的意願之下被帶來的，我也一樣。要是妳問我啊，我們都是在一條船上，還是在一條漏水的船上呢。」

有那麼一剎那，布魯諾真的覺得瑪麗亞就要把她的看法說出來了。她把還沒收拾好的衣服放在床上，雙手緊握成拳頭，彷彿是因為什麼事很生氣。她張開嘴，卻僵在那裡，好像是害怕一開口就會說出什麼不該說的話來。

「拜託妳跟我說，瑪麗亞。」布魯諾說。「因為如果我們都有一樣的感覺，搞不好我們就可以說動爸爸把我們帶回家。」

她別開臉不看他，沉默了幾分鐘之後，她難過地搖搖頭，才又轉過來面對他。

「你爸爸知道怎麼做最好，」她說。「你一定要相信這一點。」

「可是我不覺得我相信，」布魯諾說。「我覺得他犯了可怕的大錯。」

「那我們也只能將就了。」

「我如果犯了錯就會受處罰。」布魯諾仍不干休，氣極了適用於小孩的規矩永遠也不適用於大人（他倒忘了規矩本來就都是大人定的）。「爸爸真笨。」他壓低了聲音說。

瑪麗亞瞪大眼睛，朝他跨了一步，雙手摀住嘴巴，震驚得不得了。她東張西望，確定沒有人偷聽，沒有人聽見布魯諾剛才說的話。「你不能那麼說，」她說。

「你絕對不能那樣講你爸爸。」

「為什麼不可以？」布魯諾說。他也有些慚愧說了那種話，可是他可不甘心在沒人把他的意見當一回事的時候乖乖坐著聽訓。

「因為你爸爸是好人，」瑪麗亞說。「非常好的人，他照顧我們所有的人。」

「把我們帶到這裡，這個鳥不生蛋的地方嗎？這叫做照顧我們？」

「你爸爸做了很多事，」她說。「很多你應該驕傲的事。要不是你爸爸，我現在還不知道在哪裡呢。」

「應該是在柏林吧。」布魯諾說。「在一棟舒服的房子裡工作，在常春藤樹下吃飯，看蜜蜂採蜜。」

「你不記得我是什麼時候來你們家的吧？」瑪麗亞平靜地問，坐在他的床沿上，她以前從來沒這麼做過。「你怎麼會記得呢？你才三歲大。你爸爸在我有需要的時候接納我、幫助我，他給了我工作、一個家，還有食物。你不知道缺少食物是什麼樣的情況，你從來沒有挨過餓吧？」

布魯諾皺眉，他想點明他現在脾氣不太好，很想使性子，可是他只是看著瑪麗亞，恍然大悟，他從來就沒有真的把她當作是一個活生生的人、有她自己的歷史，畢竟除了當他們家的女傭之外，她什麼都沒做過（這是他自己認為的），他甚至不確定看過瑪麗亞穿女傭制服之外的衣服。可是仔細一想，他不得不承認除了服侍他和他的家人之外，瑪麗亞必定有自己的人生。她的頭腦裡必定有自己的想法，就和他一樣。她必定有想念的東西、想要再見的朋友，就和他一樣。而且搬來這裡之後，她必定是每天晚上哭著睡著，就跟不如他年紀大、不如他勇敢的小男生一樣。她其實還滿漂亮的，他注意到，同時心裡覺得怪怪的。

「我媽認識你爸爸，那時他就跟你一樣大。」瑪麗亞過了一會兒後說。「我媽為你奶奶工作，你奶奶年輕時在德國巡迴表演，我媽是她的化妝師，幫她打點所有演唱會的衣服——清洗啊、熨燙啊、修補啊。那些衣服都好漂亮，上面的刺繡，布魯諾，每一個設計都像是藝術作品，現在的化妝師哪裡比得上啊！」她搖頭，因為回憶而微笑，布魯諾耐心地聽著。「她一定會在你奶奶抵達化妝間的時候把每一件衣服都掛出來，等著她挑選。後來你奶奶退休了，我媽跟她處得很好，得到了一小筆退休金，可是那時日子很難過，你爸爸給了我一份工作，我的第一份工作。幾個月之後，我媽病得很重，她需要住院，你爸雖然沒有義務要幫我，卻還是幫我把我媽送進了醫院，而且還自己掏腰包，因為我媽是他媽媽的朋友，他也為了同樣的原因把我帶進了他的家裡。我媽過世後，他還出錢幫她辦喪事。所以，不准你說你爸爸真笨，布魯諾。不准在我面前說，我不准。」

布魯諾咬住嘴唇，他原本還指望瑪麗亞能加入他的陣營，幫他打贏離開「奧特—喂」這場仗，現在看來她的忠誠屬於誰已經非常清楚了，而且他不得不承認聽了這故事，他對爸爸真的是滿佩服的。

「好嘛。」他說，想不出什麼話好說。「他是滿好的。」

「對。」瑪麗亞說，站了起來，走向窗戶，就是那扇布魯諾可以看見遠處矮房子和那些人的窗戶。「那時他對我非常好。」她繼續用輕輕的聲音說，看著窗外，看著那些人和阿兵哥活動。「他的靈魂中有很多的慈悲，真的有，所以我才奇怪……」她的話聲消散，看著他們，聲音突然不穩，聽起來好像在哭。

「奇怪什麼？」布魯諾問。

「奇怪他是在……他怎麼能……」

「怎麼能怎樣啊？」布魯諾追問。

樓下的關門聲在整棟屋子裡迴盪，好像槍聲，嚇得布魯諾跳了起來，瑪麗亞也嚇得小聲尖叫。布魯諾聽出重重的腳步聲朝樓上來了，愈來愈快，他在床上往後爬，抵著牆壁，突然害怕不知會發生什麼事。他屏住呼吸，等著麻煩降臨，不過來的人是葛蕾朵，那個討厭鬼。她探頭進來，發現弟弟和女傭在一起講話，似乎很意外。

「怎麼回事？」葛蕾朵問。

「沒事。」布魯諾生氣地說。「妳要幹嘛？出去啦！」

「你才給我出去呢！」她回嘴，雖然這是弟弟的房間。她轉頭看瑪麗亞，狐疑地瞇起眼睛。「幫我放洗澡水好嗎，瑪麗亞？」她問。

「妳幹嘛不自己去放洗澡水？」布魯諾不客氣地反問。

「因為她是傭人。」葛蕾朵說，瞪著他。「這就是她在這裡的原因。」

「那才不是她在這裡的原因呢！」布魯諾大吼，站了起來，大步向姊姊走去。「她在這裡不是要二十四小時為我們做事的，妳知道嗎？尤其是我們自己可以做的事。」

葛蕾朵瞪著他，活像是他發瘋了，然後她又看著瑪麗亞，瑪麗亞趕緊搖頭。

「當然好，葛蕾朵小姐。」瑪麗亞說。「等我把妳弟弟的衣服放好就去。」

「別拖太久。」葛蕾朵粗聲粗氣地說——因為她不像布魯諾，不會停下來想想瑪麗亞也是一個跟她一樣有感情的人——接著就大步離開，關上了門。瑪麗亞的視線沒有跟著她，但她的臉頰染上了粉紅色。

「我還是覺得他做錯了。」布魯諾過了一會兒之後才輕聲說，好像是想為姊姊的行為道歉，卻又不知道這麼做對還是不對。這類的情況總是讓布魯諾覺得不自在，因為在他心中，他知道無論如何都不能對別人不禮貌，就算是為你工作的人也一樣，畢竟世界上是有「教養」這種東西的。

「就算你這麼覺得，也不可以說出來。」瑪麗亞平靜地說，走向他，一副想把理智搖進他腦袋裡的樣子。「答應我你不會。」

「為什麼？」他問，眉頭深鎖。「我只是把我的感覺說出來，這總可以吧，是不是？」

「不可以，」她說。「你不可以。」

「我不可以把我的感覺說出來？」他複述一遍，覺得不可思議。

「不可以。」她仍堅持，懇求著他，聲音變得刺耳。「拜託你什麼也別說，布魯諾。你不知道你可能會惹上大麻煩嗎？給我們每個人惹上麻煩？」

布魯諾瞪著她，她眼中有種他從來沒看過的神情，像是慌亂的擔憂，讓他心神不寧。「呃……」他嘟囔著，站起來朝門口走，突然急著要離開她。「我只不過是說我不喜歡這裡而已，我只是在妳放衣服的時候找話說而已。我又不是計畫要逃家什麼的，不過要是我真逃家了，也沒人可以批評是我不對。」

「然後害你媽媽和爸爸擔心得要命？」瑪麗亞問。「布魯諾，要是你還懂一點道理，你就會閉上嘴巴，專心在學校的功課上，照你爸爸交代的話去做。我們大家都得要小心，讓自己平平安安度過這件事。至少我是打算這麼做的，畢竟除了這樣之外，我們又能怎麼辦？我們這些人是沒辦法讓事情改變的。」

不知為了什麼，布魯諾忽然有大哭的衝動，連他自己都吃了一驚，他用力眨了好幾下眼睛，不讓瑪麗亞看出他的心情。但是他又瞥見瑪麗亞的目光，覺得今天的空氣裡可能有什麼怪怪的東西，因為連她的眼睛都像是充滿了淚水。總之，他開始覺得怪怪的，所以他轉過身去，朝門口邁步。

「你要到哪兒去？」瑪麗亞問。

「外面。」布魯諾氣憤地說。「如果妳非問不可的話。」

他走得很慢，可是一出了房間，他就加快腳步朝樓梯走，然後一口氣衝下樓，突然覺得要是不趕緊離開屋子，他一定會暈倒。不出幾秒鐘他已跑出屋外，在車道上來回地跑，急著想做些活動量大的事，只要能讓他消耗掉精力就好。他能看見遠處隔開了馬路的大門，馬路可以帶他到火車站，火車站可以帶他回家；可是一想到這裡，一想到逃家，一個人孤伶伶的誰也沒有，就讓他覺得住在這裡似乎還值得勉強忍耐。

Chapter

7

媽媽搶別人的功勞

How Mother Took Credit for Something that She Hadn't Done

布魯諾與家人搬到「奧特—喂」轉眼已幾個星期了，卡爾、丹尼爾和馬丁完全沒有來探望他的可能，所以他決定還是找點別的樂子吧！否則他一定會慢慢地瘋掉。

布魯諾只認識一個他認為是瘋子的人，那就是羅勒先生，他和爸爸的年紀差不多，住在他們柏林舊家的街角。不管是白天還是夜晚，常常都有人看見他在街上一面來來回回地走，一面自己一個人嘟嘟囔囔的，有時候說著說著，他會對著投射在牆上的影子揮拳，好像是跟人大吵似的。有時他打得太用力，拳頭砸到磚牆流血了，他就會跪下來，大聲地哭，捶打自己的頭。有時候布魯諾還聽見羅勒先生說了那些他自己不准說的髒話，而聽見他說髒話的時候，布魯諾都得要拚命制止自己吃吃傻笑。

「你不應該嘲笑可憐的羅勒先生。」有天下午他告訴媽媽羅勒先生最新的脫軌行為時，媽媽這麼告訴他。「你根本不知道他這輩子吃了多少苦頭。」

「他瘋了！」布魯諾說，一根手指頭在腦袋旁轉圈，還吹口哨，表示他覺得羅勒先生有多不正常。「前天他朝街上的貓走過去，邀請牠去喝下午茶耶。」

「那隻貓怎麼回答？」葛蕾朵問，她正在廚房做三明治。

「什麼也沒說，」布魯諾解釋。「牠只是隻貓啊。」

「我是說真的，」他媽媽說。「法蘭茲年輕時是個很可愛的青年——我還小的時候就認識他了。他很親切、做人很周到，跳起舞來就像弗雷．亞斯坦[1]。可是他在上次大戰的時候受了重傷，傷到了腦袋，所以他才變成了現在這個樣子。這沒有什麼好笑的，你們根本就不知道當時的年輕人過的是什麼日子，吃了多少苦。」

布魯諾當時只有六歲，不太清楚媽媽指的是什麼。「那是很多年以前了，」她在他問起來時又解釋說。「在你們出生以前。法蘭茲是那些在壕溝裡為我們作戰的青年，當年你爸爸跟他很熟，我相信他們一塊服役過。」

「他發生了什麼事？」布魯諾問。

「不要管發生了什麼事，」他媽媽說。「戰爭不是個適合聊天的話題，恐怕不用多久我們就會花太多時間談論戰爭了。」

那是他們搬來「奧特—喂」三年多前的事，這段期間布魯諾並沒有花多少時間去想羅勒先生，可是突然之間他深信如果再不做點有道理的事，做點動腦筋的

1 Fred Astaire（1899—1987），美國電影及百老匯舞星、編舞家、歌手、演員，被譽為二十世紀美國最偉大的舞者，也是電影史及電視歌舞劇史上影響最深遠的舞者。

事，那麼在他有自覺之前，他也會淪落街頭，跟自己打架，邀請小貓、小狗參加宴會了。

為了給自己找樂子，布魯諾把禮拜六漫長的早晨和下午都花在為自己創造新的消遣上。在屋子的一段距離之外——從葛蕾朵那一邊看，從他的窗子是不可能看得見的——有一棵大橡樹，樹幹又粗又寬。樹很高，枝椏很多，足可支撐一個小男生的重量。樹看起來很古老，布魯諾斷定這棵樹是在中古世紀晚期種下的，他現在正在學校學中古世紀，覺得非常有趣，尤其是那些去異鄉歷險，在異地發現有趣事物的騎士。

布魯諾的新遊戲只需要兩樣東西：一些繩索和一個輪胎。繩索很容易找，屋子的地下室就有好幾綑，而且沒花多少時間他就做了極度危險的事情——他找到一把鋒利的刀子，割下了他認為他需要的幾段繩子。他把繩子帶到橡樹下，留在地上，準備將來使用，但是輪胎就費事了。

在這個特別的早晨，媽媽和爸爸都不在家。稍早媽媽衝出了屋子，搭上火車到附近的城市去，說是要透透氣，而爸爸則朝布魯諾窗外遠處的矮房子和那些人而去。不過，像平常一樣，屋子附近有很多阿兵哥的卡車和吉普車停著。他知道不可能從車上偷輪胎，不過總是有可能在附近找到一個備胎。

他踏出門，看見葛蕾朵在和科特勒中尉講話，他不怎麼帶勁地決定還是應該問他。科特勒中尉就是布魯諾第一天搬進「奧特—喂」時看見的年輕阿兵哥，那時他出現在樓上，看了布魯諾一會兒才點頭，然後又繼續邁步走開。從那次開始，布魯諾就在許多場合看見他，但他們並沒有經常說話——他在屋子裡進進出出的，好像他是這屋子的主人，而且爸爸的辦公室對他顯然也不是禁區。布魯諾不是很清楚為什麼，但他知道他不喜歡科特勒中尉。他身上散發出一種氣氛，讓布魯諾覺得很冷，冷得想要穿上套頭毛衣。可是這附近又沒有人可以問，所以他只好儘可能裝得自信十足的樣子，過去說哈囉。

大部分的時候，年輕的中尉都是很英挺的樣子，穿著熨得直挺挺的制服昂首闊步。他的黑皮靴總是擦得發亮，金黃色的頭髮側分，用什麼東西抹得服服貼貼的，梳子梳過之後的紋路一條條清清楚楚的，像是耕耘過的農田。而且他的古龍水擦得好濃，一段距離外你就能聞到他的味道。布魯諾已經學會別站在科特勒中尉的下風處，否則他隨時都可能會暈倒。

不過今天很特別，因為是禮拜六的早晨，而且又是陽光普照，他並沒有梳理得那麼完美無缺，反而是在長褲上穿著背心，頭髮有氣沒力地垂在額頭上。他的手臂竟然是日曬的褐色，倒是讓人意外，而且他還有那種布魯諾希望長在自己手臂上的肌肉。今天科特勒中尉看起來年輕得多，布魯諾覺得很驚訝；坦白說，科特勒中尉讓他想起學校裡的大男生——他總是敬而遠之的大男生。科特勒中尉很專心的在和葛蕾朵說話，無論他在說什麼一定都很有趣，因為姊姊笑得很大聲，還用手指纏繞著頭髮。

「哈囉。」布魯諾接近他們之後說，葛蕾朵一臉惱怒地看著他。

「你要幹嘛？」她問。

「沒幹嘛。」布魯諾也不客氣地說，怒瞪著她。「我只是過來打個招呼。」

「請原諒我弟弟，庫特。」葛蕾朵向科特勒中尉說。「他只有九歲，你知道。」

「早安，小不點。」科特勒中尉說，伸出手來——差點嚇得他發抖——揉亂布魯諾的頭髮，布魯諾氣得想把他推倒在地上，在他的腦袋上跳上跳下。「你幹嘛在星期六一大早起床啊？」

「已經不早了，」布魯諾說。「現在快十點了。」

科特勒中尉只是聳聳肩。「我在你這麼大的時候，我媽一直要到吃午飯了才叫得醒我，她說要是我這輩子就在床上睡掉的話，永遠也不會又高又壯。」

「那她可說錯了，對不對？」葛蕾朵傻笑著說。布魯諾瞪著她，一臉受不了。她換上了一種很蠢的聲音，讓她聽起來像是一個沒大腦的女生。布魯諾巴不得馬上就離開這兩個人，不去聽他們在聊什麼廢話，可是他別無選擇，他得先考慮對自己的好處，他得向科特勒中尉討個完全不能想像的東西——討人情。

「不知道我能不能請你幫個忙？」布魯諾說。

「可以啊。」科特勒中尉說，葛蕾朵又因為他的話而笑了起來，即使這句話並不怎麼好笑。

「我在想，這裡不知道有沒有備胎？」布魯諾接著說。「吉普車或是卡車的，你們沒在用的。」

「最近我在這附近看到的唯一一個備胎是霍夫施耐德中士的，而且是戴在他的腰上。」科特勒中尉說，他的嘴唇彎成了一個像笑容的樣子。布魯諾一點也聽不懂，可是葛蕾朵卻聽得大樂，而且樂得好像當場在跳舞了。

「那他要用嗎？」布魯諾問。

「霍夫施耐德中士嗎？」科特勒中尉問。「喔，恐怕是的，他跟他的備胎很黏。」

「喔，住嘴，庫特。」葛蕾朵說，擦乾眼淚。「他根本聽不懂，他只有九歲。」

「喔，拜託妳閉嘴好不好！」布魯諾大吼，氣惱地瞪著姊姊。跑到這裡來向科特勒中尉討人情已經夠糟糕了，再加上他自己的姊姊一直捉弄他更是雪上加霜。

「妳也不過才十二歲，」他又說，「少在那裡裝大人了。」

「我快十三歲了，庫特。」她不客氣地說，笑聲停了，臉色因為驚恐而僵硬。「再過兩個禮拜我就滿十三歲，是青少年了，跟你一樣。」

科特勒中尉微笑點頭，卻一言不發。布魯諾瞪著他，要是站在他面前的是別的大人，他會翻白眼，表示他們都知道女生有多蠢，而姊妹更是完全不可理喻。可是這個人不是隨便哪一個大人，這個人是科特勒中尉。

「反正啊，」布魯諾說，不理會姊姊投給他的憤怒目光，「除了那個之外，還有什麼地方可以找到備胎嗎？」

「當然有。」科特勒中尉說，臉上笑容消失了，似乎突然間覺得無聊。「可是你要備胎做什麼？」

「我想做個鞦韆。」布魯諾說。「你知道，用繩子綁一個輪胎在樹上。」

「啊。」科特勒中尉說，睿智地點頭，彷彿這種事情對他來說只是模糊的記憶，可是事實上，正如葛蕾朵指出的，他也不過是個青少年。「我小時候也做過不少鞦韆，我跟朋友有很多下午都邊鞦韆邊得很開心。」

布魯諾覺得很震驚，科特勒中尉居然跟他有共同點（更震驚的是得知科特勒中尉居然會有朋友）。「所以呢？」他問。「附近有備胎嗎？」

科特勒中尉瞪著他，似乎在考慮，彷彿是在思索是要直截了當地回答他，或是再像平常一樣激怒他。正想著，他看到了佩佛——每天下午都會到廚房來幫忙摘菜，晚餐時再換上白外套，在餐桌邊服務的老頭子——朝屋子走去，這似乎讓他下定了決心。

「喂，你過來！」他大喊，又加了句布魯諾聽不懂的話。「過來這裡，你——」他又說了那句話，他嚴厲的語氣嚇得布魯諾別開臉，覺得自己牽涉在內很丟臉。

佩佛朝他們走來，科特勒很粗魯地對他說話，根本不管他的年紀都可以當自己的祖父了。「把這個小不點帶到主屋後面的小倉庫去，有一面牆上排了一些舊輪胎。他會挑一個，他要你扛到哪兒你就扛到哪兒，聽懂了嗎？」

佩佛雙手握著帽子，放在胸前，點點頭，頭垂得比剛才更低。「是，長官。」他用很輕的聲音說，輕到像是沒開口似的。

「之後等你回到廚房，在碰任何食物之前別忘了先洗手，你這個骯髒的——」科特勒中尉又說了一次先前說過兩次的那句話，還吐了口口水。布魯諾看著對面的葛蕾朵，她剛才一直崇拜地看著陽光在科特勒中尉的頭髮上彈跳，可是現在她也跟弟弟一樣，臉上有些不自在。他們姊弟倆都不算真的和佩佛講過話，可是他是個很好的侍者，而且根據他們爸爸的說法，好侍者可不是樹上長出來的。

「去吧。」科特勒中尉說，佩佛立刻轉身，帶頭朝倉庫走，布魯諾跟在後面，不時還回頭偷瞄他的姊姊和那名年輕的阿兵哥，有一股衝動想要回頭去把葛蕾朵拉走。雖然她很討厭、自我中心，大部分時候又對他很壞——對他壞畢竟是她的工作，誰教她是姊姊呢？——可是他很不喜歡把她跟一個像科特勒中尉的人留在一起。不管你多麼努力，你就是找不出一個辦法來粉飾太平：他就是一個討厭的傢伙。

意外發生在布魯諾找到了適當的輪胎，佩佛把輪胎拖到了葛蕾朵那一側的大橡樹下後的一、兩個鐘頭。布魯諾爬上爬下，爬上爬下，把繩索在樹枝上牢牢綁緊，再牢牢綁緊輪胎，到目前為止一切都極為順利。他以前也做過一次鞦韆，可是那次有卡爾、丹尼爾和馬丁幫忙，這一次他完全靠自己，所以也就更加棘手。可是他還是設法辦到了，不出幾個鐘頭他就開心地坐在輪胎的中心，盪來盪去，彷彿沒有任何煩惱，不過他刻意不去想這是他這輩子坐過最不舒服的鞦韆了。

他直挺挺地穿過輪胎的中心，用雙腳來推自己離開地面。每次鞦韆往後盪，他就會飛到空中，只差一點就撞上樹幹，不過還是可以讓他的腳利用樹幹踢得愈來愈快、愈來愈高。本來是都很順利的，可是就在他踢樹的時候，他的手滑了一下沒抓穩輪胎，在他回過神來之前，他已經翻了個身，面朝下摔了下去，一隻腳仍卡在輪胎邊緣，砰的一聲跌到地上。

他的眼前變成一片漆黑，過了一會兒，眼睛才慢慢對焦。他爬起來坐著，不巧輪胎剛好盪回來，又敲中他的頭，他痛得慘叫，趕快爬開。等他站起來時，覺得一邊的手臂和一條腿都很痛，因為他重重跌落的時候壓到了，不過倒沒痛到像是斷了。他檢查自己的手，發現佈滿了擦傷；再檢查手肘，看見了一道可怕的傷口。不過他的腿更難受，他低頭看膝蓋，就在短褲褲管下方有一道很寬的傷口，好像一直等著他去看，因為一旦得到了所有的注意，傷口就開始流血流得很嚴重。

「噢！」布魯諾大聲呼痛，瞪著傷口，不知道該怎麼辦。不過他用不著手足無措多久，因為鞦韆是在廚房的同一側，幫他找到輪胎的侍者佩佛正站在窗前削馬鈴薯皮，看見了意外發生。布魯諾再抬起頭來時，只見佩佛匆匆朝他過來，等他來到身邊，布魯諾才敢讓包圍著他的暈眩感徹底征服他。他的身體晃了晃，但是並沒有摔在地上，佩佛抱住了他。

「我不知道怎麼會這樣？」他說。「看起來一點也不危險啊。」

「你盪得太高了。」佩佛很小聲地說，但他的聲音立刻讓布魯諾有安全感。

「我早看出來了，我還在想你隨時都會因為調皮而有苦頭吃了。」

「我真的吃到了。」布魯諾說。

「一點也沒錯。」

佩佛抱著他走過草坪，回頭往屋子走，把他抱進廚房，放在一張木椅上。

「我媽呢？」布魯諾問，東張西望地找那個每當他發生意外都第一個要找的人。

「你媽媽還沒回來。」佩佛說，他跪在地板上，檢查布魯諾的膝蓋。「這裡只有我一個人。」

「現在該怎麼辦？」布魯諾問，微微有些驚慌了，而驚慌很可能就會引發淚水潰堤。「我可能會流血過多死掉。」

佩佛輕輕笑了一聲，搖搖頭。「你不會流血過多死掉的。」他說，將一張板凳拉過來，把布魯諾的腳架上去。「暫時先別動，那裡有個急救箱。」

布魯諾看著他在廚房走動，從櫥櫃拉出綠色的急救箱，又裝了一小碗清水，先用手指試試是否太涼。

「我需要上醫院嗎？」布魯諾問。

「不用，不用。」佩佛說，又跪了下來，把一塊乾布浸入水裡，再拿出來輕拭布魯諾的膝蓋，他痛得齜牙咧嘴，但其實並沒有那麼痛。「只是擦破了一個小傷口，連縫都不需要縫。」

布魯諾皺著眉頭，緊張地咬著嘴唇，讓佩佛清理傷口的血跡，然後又用另一塊布緊壓了一會兒。等他把布輕輕拿掉，傷口也止血了。佩佛從急救箱拿了一小瓶的綠色液體，輕點在傷口上，傷口立刻一陣刺痛，布魯諾連續叫了好幾聲：「哎喲！」

「沒那麼嚴重。」佩佛說，但口氣溫和親切。「別老以為比實際上來得痛，弄得好像有多恐怖似的。」

不知如何，布魯諾覺得這話很有道理，所以就忍住不喊痛了。佩佛滴完了綠色液體之後，就從急救箱拿出繃帶，幫他把傷口包紮好。

「好了。」他說。「好多了吧？」

布魯諾點頭，覺得有點丟臉，因為表現得不夠勇敢。「謝謝。」他說。

「不客氣。」佩佛說。「你現在得坐在那裡，幾分鐘後才能起來走動，好嗎？

先讓傷口放鬆，還有，今天別再靠近鞦韆了。」

布魯諾點頭，繼續把腳架在板凳上。佩佛回到水槽邊，仔細地洗手，還用鋼刷刷洗指甲縫，然後擦乾手，又回去削馬鈴薯皮。

「你會跟媽媽說發生了什麼事嗎？」布魯諾說，這幾分鐘來他一直在想他是會因為意外受傷而被當成英雄，還是因為建了一個死亡陷阱而被當作壞蛋。

「我想她自己會看見。」佩佛說，把胡蘿蔔拿到桌上，在布魯諾對面坐下，開始把胡蘿蔔皮削到一張舊報紙上。

「對，我想也是。」布魯諾說。「搞不好她會想帶我去看醫生。」

「我想不會。」佩佛平靜地說。

「誰知道呢。」布魯諾說，不想讓他的意外就這麼被輕輕帶過（畢竟這可是搬到這裡之後發生在他身上最刺激的事了）。「傷口可能比看起來還嚴重呢。」

「並沒有。」佩佛說，他似乎沒在聽布魯諾說話，胡蘿蔔佔去了他大半的注意力。

「你怎麼知道？」布魯諾問，愈來愈氣惱了，他可不管這個人就是那個到外面去把他抱進來、又帶他回屋裡照顧他傷口的人。「你又不是醫生。」

佩佛削皮的動作停了一下，抬頭看著桌子對面的布魯諾。他垂著頭，眼睛往下看，彷彿在思索該如何回答。最後他嘆口氣，似乎考慮了許多才說：「我是醫生。」

布魯諾驚訝地瞪著他，無論如何也想不通。「可是你是服務生啊，」他慢吞吞地說。「而且你削馬鈴薯皮做晚飯，你怎麼可能是醫生？」

「小伙子，」佩佛說（布魯諾很感激他稱他「小伙子」，而不是像科特勒中尉一樣叫他「小不點」），「我當然是醫生。一個人在晚上抬頭觀星並不表示他就是天文學家，你知道。」

布魯諾聽不懂佩佛是什麼意思，可是他的語氣卻讓布魯諾第一次仔細地盯著他看。他的個頭很小，而且也瘦巴巴的，手指修長，五官分明。他比布魯諾的爸爸老，但是比爺爺年輕，不過也算是很老了；而且雖然布魯諾在搬來「奧特—喂」之前沒有見過他，他的臉卻讓布魯諾相信從前他還留著鬍子。

現在卻沒有了。

「我不懂。」布魯諾說，想要打破砂鍋問到底。「如果你是醫生，你為什麼又當起服務生了？你為什麼不在醫院裡工作？」

佩佛猶豫了很久，但是布魯諾沒有催他，他也不知道為什麼，只覺得等佩佛願意開口，這樣才禮貌。

「我在來這裡之前是一個執業醫生。」他終於說。

「執業？」布魯諾問，不熟悉這個詞。「難道你不是個好醫生嗎？」

佩佛微笑。「我是個很好的醫生。」他說。「我一直想要當醫生，從我還是個小男生開始，從我像你一樣大開始。」

「我想要當探險家。」布魯諾立刻說。

「祝你心想事成。」佩佛說。

「謝謝。」

「你發現了什麼了嗎？」

「在我們柏林家裡，有一大堆可以探險。」布魯諾回憶著說。「那是一棟很大的房子，大得你想像不出來，所以有很多地方可以探險，跟這裡不一樣。」

「這裡什麼都不一樣。」佩佛也附和著說。

「你是什麼時候搬來『奧特—喂』的？」布魯諾問。

佩佛放下胡蘿蔔和削皮刀，思索了片刻。「我覺得我在這裡一輩子了。」最後他輕聲說。

「你在這裡長大的？」

「不。」佩佛說，一面搖頭。「不是。」

他還沒有說下去，他媽媽的聲音就在屋外響起。佩佛一聽見，立刻跳了起來，把胡蘿蔔、削皮刀和滿報紙的胡蘿蔔皮帶到水槽邊，背對著布魯諾，低垂著頭，一言不發。

「可是你剛才說——」

「你到底是出了什麼事？」他媽媽一出現在廚房就問，彎下身來檢查貼在布魯諾傷口上的藥膏。

「我做了一個鞦韆，摔了下來。」布魯諾解釋。「後來鞦韆又敲到我的頭，我差一點昏倒，可是佩佛出來了，他把我抱進來，清理了傷口，幫我綁上繃帶，痛死人了，可是我都沒哭。我一次也沒哭，對不對，佩佛？」

佩佛微微朝他們轉身，卻沒有抬頭。「傷口已經處理乾淨了。」他輕聲說，沒有回答布魯諾的問題。「只是皮肉傷。」

「回房間去，布魯諾。」他媽媽說，顯得一臉的不自在。

「可是我——」

「別囉嗦，回房間去！」她不退讓，布魯諾只好乖乖從椅子上下來，把重量放在他決定命名為他的「壞腿」上，微微感到痛。他轉身，離開了廚房，朝樓梯走，卻仍能聽得見媽媽向佩佛道謝，布魯諾覺得好開心，因為顯然人人都看得出來如果不是佩佛，他很可能會流血過多而死。

在上樓之前他聽見了最後一句話，是媽媽對那個自稱是「醫生」的服務生說的最後一句。

「要是司令官問起來，我們就說是我幫布魯諾處理的。」

布魯諾覺得這樣真的是太自私了，媽媽怎麼可以搶別人的功勞？

Chapter

8

奶奶爲什麼氣沖沖地離開

Why Grandmother Stormed Out

布魯諾搬家後最想念的兩個人就是爺爺和奶奶，他們兩老住在蔬果攤附近的小公寓裡。在布魯諾要搬到「奧特—喂」的時候，爺爺已經將近七十三歲了，所以在布魯諾的眼裡，爺爺差不多是世界上最老的人了。有天下午，布魯諾算了算，如果他把他的一生一遍又一遍地活上個八次，他還是會比爺爺小一歲。

爺爺這一輩子都在市中心開餐廳，他的一個員工就是布魯諾的朋友馬丁的爸爸，他是那裡的大廚。爺爺現在已經不再下廚，也不親自招呼客人了，可是大部分時間他還是在餐廳裡，下午坐在吧台，跟客人聊天，晚上也在餐廳吃飯，和朋友說說笑笑，一直坐到打烊。

奶奶跟別的男生的奶奶比起來，一點也不顯老。說真的，後來布魯諾發現了她的年紀——六十二歲——他還嚇了一跳呢。她年輕的時候遇見了爺爺，那是在她的一次演唱會之後，雖然爺爺有許多缺點，但他不知怎麼地說服了奶奶嫁給他。奶奶有一頭紅色長髮，竟然和她的媳婦很類似；她還有一對綠眼睛，她自稱那是因為她的祖先有愛爾蘭血統。布魯諾每次都知道在家庭聚會上什麼時候是高潮，因為奶奶總會在鋼琴邊轉來轉去，等著某人坐下來彈奏，請她唱歌。

「什麼？」她每次總是這麼喊，一手按著胸口，好像這念頭奪走了她的呼吸。「你要我唱？哎呀，我不行了，年輕人，我唱歌的日子早就都過去了。」

「唱！唱！」聚會中的每個人會開始喊，等了拿捏好的一段時間之後——通常是十到十二秒——她會終於答應，轉身向彈鋼琴的年輕人用幽默的語氣快速地說：

「La Vie en Rose（玫瑰人生），降E小調，盡量跟著我。」

布魯諾家舉辦的宴會總是充滿了奶奶的歌聲，而且巧合的是媽媽好像每次都在這時候從宴會的房間移到廚房，她的朋友也會跟過去。爸爸每次都留下來聽，布魯諾也是，因為他最喜歡聽奶奶用飽滿的聲音高唱，贏得滿堂彩。再說，〈La Vie en Rose〉會讓他聽得起雞皮疙瘩，頸子後面的寒毛倒豎。

奶奶總希望布魯諾或葛蕾朵會效法她步上舞台，每年聖誕節和每個生日舞會她都會排齣戲，獻給媽媽、爸爸和爺爺看。那些戲都是她自己寫的，而且布魯諾覺得，她總是把最精采的台詞留給自己，不過他其實是不怎麼在意啦。而且戲裡一定有一首歌——她會先問：「你要我唱嗎？」——還有機會讓布魯諾變魔術，讓葛蕾朵跳舞。每齣戲一定都以布魯諾背誦偉大詩人所作的長詩收場，他覺得那些字很難理解，可是唸得愈多，聽起來就愈優美。

這還不是這些小戲劇最精采的地方呢，最精采的地方是奶奶會幫布魯諾和葛蕾朵做戲服。無論他的台詞和奶奶、姊姊比起來有多少，角色有多不重要，布魯諾都會穿得漂漂亮亮的，有時是王子，有時是阿拉伯酋長，有一次他還扮成了羅馬格鬥士呢。他會戴皇冠，不戴皇冠的話還會手握長矛，沒有長矛至少還會有鞭子或頭巾。誰也猜不到奶奶下一齣戲會是什麼內容，可是在聖誕節前一個禮拜，布魯諾和葛蕾朵會被叫到她家去排演一天。

當然，上一齣戲最後是以災難收場，而且布魯諾現在想起來還會難過，其實他並不是很清楚究竟是發生了什麼事引發了爭吵。

大概一個禮拜之前，家裡的氣氛很興奮，那跟瑪麗亞、廚子、管家拉爾斯，還有在這地方——對布魯諾來說，新家只能稱為「這地方」——進進出出的阿兵哥（好像這裡是他們的一樣）改叫爸爸「司令官」有關係，好幾個禮拜整個屋子都很興奮。首先是「炎首」和那個美麗的金髮女人來晚餐，整個家好像停頓了，接著是叫爸爸「司令官」的這件事。媽媽要布魯諾向爸爸道喜，他也照做了，可是要是他對自己誠實的話（他總是盡力做到這點），他會承認並不是很清楚為什麼要道喜。

聖誕節那天，爸爸穿上了嶄新的制服，就是現在他每天穿在身上的那套漿挺的制服，當時全家熱烈鼓掌。那真的是件了不起的制服，跟那些進進出出的阿兵哥比起來，爸爸簡直是鶴立雞群，而且他們似乎也因為這身制服而更尊敬他。媽媽走上去，吻了爸爸的臉頰，一手撫過他的制服前襟，還說料子摸起來有多舒服。布魯諾特別注意制服上的裝飾，他還獲准戴了一會兒帽子，當然條件是他的手得很乾淨。

爺爺看見兒子一身的新制服得意得不得了，可是只有奶奶沒有什麼高興的樣子。晚餐結束之後，她帶著葛蕾朵、布魯諾表演了他們最新的作品，表演完後就在一張扶手椅上難過地坐了下來，看著爸爸，還搖頭，好像他讓她非常地失望。

「我真想不透——難道是我教錯了，洛夫？」她說。「難道是你小時候我讓你表演的東西讓你變成了今天這樣？穿得像個繩子拴著的木偶。」

「好了，媽，」爸爸用忍耐的語氣說。「現在不是說這個的時候。」

「穿著你的制服站在那兒，」她仍舊往下說，「好像讓你變成什麼大人物似的，連它真正的涵義都不在乎，它代表什麼都不在乎。」

「娜塔莉，我們不是早說過了嗎？」爺爺說，其實人人都知道奶奶一旦有話要說，她總會想法子說出來，無論說出來的話有多不中聽。

「是你說過了，馬提亞，」奶奶說。「我不過是你對著說話的一面白牆，就跟平常一樣。」

「現在是在開宴會，媽，」爸爸嘆了一口氣，說。「而且又是聖誕節，別掃了大家的興。」

「記得偉大的戰爭開始的時候，」爺爺驕傲地說，瞪著爐火，搖搖頭。「我記得你回家來告訴我們你從軍了，我很肯定你一定會受傷。」

「他是受了傷，馬提亞，」奶奶說。「看看他，證據就在他身上。」

「可是現在看看你，」爺爺繼續說，不理她。「我好光榮，看見你升遷到這麼重要的位子，幫助你的國家在受了那麼多委屈之後恢復光榮，處治懲罰——」

「喔，你聽聽！」奶奶大喊。「真不知道你們父子倆哪一個更蠢？」

「哎呀，娜塔莉，」媽媽說，想要沖淡緊張的氣氛，「妳不覺得洛夫穿上新制服很帥嗎？」

「很帥？」奶奶問，探身瞪著媳婦，好像她神志不清了。「妳說很帥？妳這個笨女孩！妳覺得這是天底下最重要的事嗎？看起來很帥？」

「我穿馬戲團團長的衣服帥不帥？」布魯諾問，因為那天晚上他正是穿著這身戲服——紅黑相間的馬戲團團長衣服——而且他十分得意。不過他一開口就後悔了，因為所有大人都往他和葛蕾朵的方向看，彷彿剛才根本忘了他們的存在。

「孩子們，上樓去，」媽媽立刻說。「回房間去。」

「不要啦！」葛蕾朵抗議。「我們不能在這裡玩嗎？」

「不行，孩子們，」她仍然堅持。「上樓去，把門關上。」

「你們這些當兵的反正也只在乎這些。」奶奶說，完全不理會孫子和孫女。「穿著漂亮的制服，看起來很帥；穿得人模人樣的，做些可怕到家的事，我一想到就羞愧。不過我怪我自己，洛夫，不怪你。」

「孩子們，現在就上樓去！」媽媽說，還拍了拍手，這一次他們別無選擇，只好站起來，服從命令。

可是他們並沒有直接回房間，反而是把房門關上，坐在樓梯口偷聽，想知道樓下的大人都說了些什麼。但是媽媽和爸爸的聲音模糊不清，很難聽懂，爺爺的聲音根本就聽不見，而奶奶的聲音則是出奇地又快又含糊。終於，幾分鐘之後，前門突然打開，葛蕾朵和布魯諾趕緊往樓上跑，奶奶已經到了門廳，取下架上的大衣。

「丟臉啊！」她在離開之前大喊。「我的兒子竟然會——」

「這叫愛國。」爸爸也喊，他八成是沒學過不可以打斷媽媽說話這條規矩。

「是啊，還真愛到家了！」奶奶拉高嗓門大喊。「你請來這屋子吃飯的人，呸！我想起來就噁心。看你穿那身制服，我真巴不得把自己的眼睛挖出來！」她又說了這一句才怒氣沖沖地走出去，甩上了前門。

從那次之後，布魯諾就不太常看見奶奶，在搬到「奧特—喂」之前連再見都沒機會跟她說，可是他好想好想奶奶，決定要給她寫封信。

那天他坐下來，寫下他有多麼的不快樂，有多麼希望自己還住在柏林的家。他告訴奶奶這裡的屋子、花園、有牌子的長椅、高高的圍籬、木頭電線杆、一圈圈的有刺鐵絲網、圍籬後面堅硬的土地、那些矮房子、小建築、煙囪、阿兵哥，但他寫得最多的是住在裡面的人和他們的條紋睡衣、布帽子，接著他又說他有多想她，最後他寫下：「最愛妳的孫子，布魯諾敬上」。

Chapter

9

布魯諾記起他以前最愛探險

Bruno Remembers That He Used to Enjoy Exploration

「奧特—喂」的日子有好一陣子一成不變。

布魯諾仍舊得忍受葛蕾朵，只要她心情不好，他就成了受氣包，因為她是個討厭鬼，所以布魯諾受氣的時候比不受氣的時候要多得多了。

他也仍舊希望能夠搬回柏林，其實那地方的回憶已經漸漸模糊了，雖然他真的有心想寫信，但是上一次他寫信給爺爺、奶奶已經是幾個禮拜之前的事了，所以有心歸有心，但他並沒有真的坐下拿起筆來寫。

阿兵哥仍然是一個禮拜七天，天天到屋子裡來在爸爸的辦公室裡開會，而爸爸的辦公室仍然是「禁止進入，絕無例外」。科特勒中尉仍是踩著黑皮靴，昂首闊步，儼然他是全世界最重要的人物，他要不是和爸爸在一起，就是站在車道上跟葛蕾朵講話——而她則笑得歇斯底里，用手指纏絞頭髮——再不然就是跟媽媽在房間裡交頭接耳。

僕人仍舊來洗洗刷刷、煮飯打掃、服侍他們、把東西搬走，緊閉著嘴巴，除非是有人對他們說話。瑪麗亞仍然是大部分時間都在整理，把布魯諾沒穿在身上的衣服收拾好，整整齊齊摺好放在衣櫃裡。佩佛也仍舊每天下午到屋子裡來削馬鈴薯皮、胡蘿蔔皮，再穿上他的白外套，在餐桌邊服務。（布魯諾不時會看見佩佛偷瞄他的膝蓋，瞅蘿意外留下了一道小傷疤。但是除此之外，他們從來沒有說過話。）

可是後來有了改變。爸爸決定孩子們該回去上學了，雖然布魯諾覺得只有兩個學生，哪可能有學校要教，但是媽媽和爸爸都同意要請家教每天來家裡，讓他們早上、下午都上課。

幾天之後的某個早晨，一位叫李斯特先生的人開著老爺車，吱吱嘎嘎地進了他們的車道，上課時間又到了。李斯特先生對布魯諾來說是個謎。大多數時間他都還算和氣，從不像他在柏林的舊老師會對他兇，可是他的眼神卻讓布魯諾覺得他心中有怒火，隨時都可能會爆發出來。

李斯特先生格外喜歡歷史和地理，但是布魯諾卻偏愛閱讀和美術。

「那些東西對你沒有用。」老師毫不通融。「全盤了解社會科學才是目前最重要的課題。」

「在柏林的時候，奶奶每次都讓我們演戲。」布魯諾說。

「你奶奶可不是你的老師吧？」李斯特先生反問。「她是你的祖母。我可是你的老師，所以我說重要的你就得學，而不是學那些你自己喜歡的東西。」

「可是書本難道不重要嗎？」布魯諾問。

「與要緊的事有關的書當然重要，」李斯特先生解釋。「但不是故事書，不是那些專寫一些永遠不可能發生的事的書。你對自己的歷史究竟懂多少，小伙子？」（加他一分，李斯特先生稱布魯諾「小伙子」，跟佩佛一樣，和科特勒中尉不一樣。）

「喔，我知道我是在一九三四年四月十五號出生的——」布魯諾說。

「不是你的歷史，」李斯特先生打斷他。「不是你個人的歷史。我的意思是你是誰，你是從哪裡來的，你的家族傳承，你父祖的土地。」

布魯諾皺起了眉頭，苦苦思索。他不是很確定爸爸是否擁有土地，因為柏林的房子儘管又大又舒適，花園卻不是很大。而且他的年紀也夠大了，知道「奧特—喂」這裡的土地雖然遼闊，但並不屬於他們。「不很清楚。」最後他承認了。「不過，我對中古世紀知道很多，我喜歡騎士啊、探險啊這些故事。」

李斯特先生咬牙噴氣，憤怒地搖頭。「那麼這就是我要改變的地方。」他用陰險的聲音說。「讓你的腦袋瓜不再裝滿你的故事書，教導你你是哪裡來的，還有你受到的種種委屈。」

布魯諾點頭，覺得很高興，因為他以為終於有人要解釋為什麼他們都被迫離開他們舒適的家，搬來這個鬼地方了，這一定是他短短人生中受過的最大一個委屈。

幾天後，布魯諾獨自坐在房間裡，突然想起了他在家的時候喜歡做的事，自從搬來「奧特—喂」之後，他一件都沒能做。大部分的事他不能做了，因為他沒有朋友可以一起玩，葛蕾朵當然不可能陪他玩。可是有一件事是他一個人做得來的，而且他在柏林也一天到晚都在做，那就是探險。

「我小時候，」布魯諾自言自語，「最愛探險。那時候是在柏林，我每個地方都知道，就算蒙著眼睛我也什麼都找得到。在這裡我沒有真正探險過，搞不好現在就是開始的時候了。」

說著說著，趁自己還沒改變主意，布魯諾從床上跳了下來，在衣櫃裡東翻西找，掏出了他的外套和一雙舊靴子——這是他認為真正的探險家應該有的穿著——準備要離開屋子。

沒理由要在屋子裡探險，畢竟這裡又不是柏林的家。在他的印象中，他只隱約記得那裡有好幾百個隱密的角落和奇怪的小房間，更別提有五層樓之多了（把地下室和那個踮著腳尖、緊扶著窗台就可以俯覽整個柏林的小閣樓也算進去的話）。不，這棟鬼房子才不值得探險呢！真要探險的話，就得到外面去。

布魯諾已經連續好幾個月從臥室窗戶望向花園和那張有牌子的長椅、高高的圍籬和木頭電線杆，以及他在最近的一封信裡向奶奶描述的東西。而儘管他經常觀察那些人——那些穿著條紋睡衣、各式各樣的人，他卻沒有真正想過那裡究竟是怎麼回事。

那裡就像是個截然不同的城市，所有的人都一塊生活、一塊工作，而且就在他住的房子旁邊。他們真有那麼不同嗎？營地的人都穿一樣的衣服——那些睡衣，還有一樣的條紋布帽；而所有在他們屋子裡晃的人（只有媽媽、葛蕾朵和他例外）都穿著不同質料和裝飾的制服，戴著帽子或頭盔，臂上別著紅黑色臂章，帶著槍，老是一副冷峻的臉，好像這副樣子真的很重要，沒有人可以有別的想法。

所以兩邊的人到底有哪裡不一樣？布魯諾問自己。而又是誰來決定哪些人穿條紋睡衣、哪些人穿制服呢？

當然有時候這兩種人會混合在一起。他常常看見圍籬這邊的人跑到圍籬那一邊，他也觀察出這邊的人是當家作主的。每次阿兵哥接近，那些穿條紋睡衣的人就會跳起來，戰戰兢兢的，有時候他們會摔倒在地上，有時候他們一摔倒就再也沒爬起來，得由別人扛走。

真奇怪，我竟然從來沒想過那些是什麼人？布魯諾心想。再想想，每次都看見阿兵哥過去那邊——他甚至還看見過爸爸過去了好幾次——可是那邊卻沒有一個人受邀到這棟房子來，這不是很奇怪嗎？

偶爾有幾次——次數不是很頻繁，只是偶爾幾次——有些阿兵哥會留下來吃飯，每次晚餐桌上都會出現大量的泡沫飲料，而且葛蕾朵和布魯諾只要吃完了最後一口晚餐，就會被命令回房間去，然後樓下就會傳來嘈雜聲和可怕的歌聲。爸爸和媽媽顯然很喜歡請阿兵哥當客人——布魯諾看得出來，可是他們卻一次也沒有邀請那些穿條紋睡衣的人來吃晚餐。

離開屋子後，布魯諾繞到後面，抬頭看著他自己臥室的窗戶，從底下往上看，不覺得特別高，說不定可以從上面跳下來，而不會受什麼傷呢，他心裡想。不過，他可想像不出有什麼情況會讓他做出跳樓這種白癡事情來。搞不好是房子失火，他被困在樓上，不過就算是這樣也太冒險了。

他盡量往右邊看，陽光下，高高的圍籬似乎無止盡地延伸，這倒是合了他的心意，因為這麼一來他就不知道在前面會遇上什麼，他可以一直走，親自找出來，畢竟探險不就是這樣嗎？（李斯特先生給他上的歷史課倒是有一個好處：出現了像哥倫布和韋斯普奇[2]這樣的人，這種冒險故事說不完、人生多采多姿的人，更

2 Amerigo Vespucci (1454—1512)，義大利探險家，他證明了哥倫布所發現的大陸並不是亞洲的一部分，而是一塊不為人知的新大陸，美洲即以他的名字命名為亞美利加 (America)。

讓布魯諾下定決心等他長大後要和他們一樣。）

不過，在朝那個方向走去之前，還有最後一件事要調查，也就是那張長椅。這幾個月來他一直在看它，從遠處瞪著那塊牌子，把它叫做「有牌子的椅子」，可是他還是不知道那上頭刻了些什麼。左顧右盼確定沒有人過來之後，他跑了過去，瞇眼讀那些字。那只是一小塊銅牌，布魯諾默默地唸出來。

「以茲紀念……」他遲疑了一下，接著唸：「『奧特—喂』營，」這幾個字的音他還是發不好。「一九四〇年六月。」

他伸出手摸了一下，銅牌很冷，他立刻把手縮回來，深吸了一口氣，開始了他的旅程。有件事布魯諾盡量不去想，那就是他媽媽和爸爸不知告誡了他多少次不准他往這個方向走，不准他靠近圍籬或營區，尤其是不准在「奧特—喂」探險。

絕無例外。

Chapter

10

一小點變成一大點
變成一道影子
變成一個男生

The Dot
That Became a Speck
That Became a Blob
That Became a Figure
That Became a Boy

沿著圍籬走，花的時間比布魯諾預計的久，感覺上好像是延伸了好幾英里。他走了又走，回頭看他住的房子，房子愈來愈小，最後完全消失不見。這段期間，他沒有在圍籬邊看到任何人，也沒找到門可以進去，他開始感到灰心，他的探險要徹底失敗了。其實呢，雖然說圍籬一直延伸到他的視線所及之外，但是那些矮房子、建築和煙囪卻在他身後漸漸消失，現在圍籬後頭似乎只剩下一片廣闊的空間。

走了大概一個小時後，他開始覺得有點餓，他心裡想一天探險這麼多應該是夠了，最好是往回走了。才剛這麼想，遠處就出現了一個小點，布魯諾瞇起了眼睛想看出那是什麼。他想起以前看過的一本書，書上的人迷失在沙漠裡，因為好幾天沒吃沒喝，開始產生幻覺，以為看見了奇妙的餐廳和巨大的噴泉，可是他一張口想吃想喝，東西就消失不見了，只剩下滿手的沙子。他忍不住亂猜自己現在是不是遇上了相同的狀況。

可是腦子裡雖然這麼想，兩隻腳已經動了起來，一步一步，和遠處的小點愈來愈靠近；在此同時，小點擴大了一些，漸漸變成斑點的樣子。沒多久，斑點變成了一道影子，等到布魯諾更靠近後，他看出那東西既不是小點、也不是斑點，也不是影子，而是一個人。

一個男生。

布魯諾讀過不少探險家的書，知道誰也不能確定會找到什麼。大部分時候他們會遇上有趣的東西，靜靜地坐在那裡，忙著自己的事，等著被發現（比方說美洲）；有時候他們會發現一些寧可不受打擾的東西（比方說在櫃子後面的一隻死老鼠）。

這個男生屬於第一類。他就只坐在那裡，忙著自己的事，等著被發現。

布魯諾在看見那一小點變成了一塊斑點，又變成了一道影子，又變成了一個小男生之後，他放慢了腳步。雖然有圍籬隔開了他們，但他知道遇上陌生人的時候，再怎麼小心也不為過，而且接近他們的時候絕對要小心謹慎。所以他繼續走，沒多久兩人就面對面了。

「哈囉。」布魯諾說。

「哈囉。」小男生說。

小男生比布魯諾矮小，坐在地上，表情寂寞。他也穿著條紋睡衣，跟圍籬那邊的人一樣，頭上也戴著條紋布帽。他既沒穿鞋子也沒穿襪子，兩隻腳相當髒。他的手臂上戴了一個臂章，上頭有顆星。

✡

布魯諾先靠近小男生，他盤腿坐在地上，瞪著腳下的泥土。不過幾分鐘過後他抬頭看，布魯諾這才看見了他的臉，而且還是一張很奇怪的臉。他的皮膚幾乎是灰色的，可是又不像布魯諾見過的那種灰。他的眼睛很大，是牛奶糖的顏色，眼白的部分非常白。小男生抬頭看他，布魯諾只覺得一雙大得不得了的悲傷眼睛在回視他。

布魯諾很肯定自己這輩子沒見過比這個小孩更瘦、更哀傷的男生了，不過他還是覺得跟他說話比較好。

「我在探險。」布魯諾說。

「是嗎？」小男生說。

「對，差不多有兩個小時了。」

嚴格來說不是真的，布魯諾的探險只是稍微超過一個小時，可是他覺得稍稍誇大一些也沒有什麼關係，他又不是說謊，而且還可以讓他聽起來更有冒險精神。

「你發現什麼了嗎？」小男生問。

「沒有。」

「什麼也沒有？」

「喔，我發現了你啊。」布魯諾過了一會兒說。

他瞪著小男生，想要問他為什麼一臉的憂傷，卻又不敢開口，因為他覺得這麼問太粗魯了。他知道有些人難過的時候並不希望有人問東問西的，有時候他們自己會開口，有時候他們會連說上幾個月也不嫌煩，但是以今天的情況來看，布魯諾覺得自己在開口之前應該先等一等。他在探險的路上發現了一些事情，現在終於發現了一個圍籬那邊的人，把握機會跟他講話似乎是個好主意。

他在圍籬的這面坐了下來，也像小男生一樣盤著腿，突然後悔忘了帶條巧克力或麵包出來，這樣就可以跟他分著吃。

「我住在圍籬這邊的那棟房子裡。」布魯諾說。

「真的？我看見過那棟房子一次，從很遠的距離外，可是我沒看到你。」

「我的房間是在樓上，」布魯諾說。「我從房間可以看到圍籬那邊。對了，我叫布魯諾。」

「我叫舒穆爾。」小男生說。

布魯諾的五官皺了起來，不確定他是不是聽錯了。「你說你叫什麼名字？」他問。

「舒穆爾。」小男生說，彷彿這是天底下最自然的事。「你說你叫什麼名字來的？」

「布魯諾。」布魯諾說。

「我從來沒聽過這個名字。」舒穆爾說。

「我也從來沒聽過你的名字。」布魯諾說。「舒穆爾。」他想了想。「舒穆爾。」他又唸一次。「我喜歡它的音，舒穆爾，好像在漏風。」

「布魯諾。」舒穆爾說，開心地點頭。「對，我覺得我也喜歡你的名字，好像有人在摩擦手臂取暖。」

「我以前都不認識叫舒穆爾的人。」布魯諾說。

「圍籬這一邊有幾十個舒穆爾。」小男生說。「不止幾十個，可能還有幾百個，我真希望有一個跟別人都不一樣的名字。」

「我也沒遇見過叫布魯諾的人，」布魯諾說。「當然啦，除了我自己之外。我覺得我可能是唯一的一個。」

「你的運氣真好。」舒穆爾說。

「大概吧。你幾歲了？」他問。

舒穆爾想了想，低頭看著手指，指頭動來動去的，彷彿在計算。「九歲。」他說。「我是一九三四年四月十五日出生的。」

布魯諾驚訝地瞪著他。「你說什麼？」他問。

「我說我是一九三四年四月十五日出生的。」

布魯諾瞪大了眼睛，嘴巴張成一個O。「我不相信。」他說。

「為什麼？」舒穆爾問。

「喔。」布魯諾說，趕緊搖搖頭。「我不是說我不相信你，我只是說我很驚訝，因為我的生日也是四月十五日，而且我也是一九三四年出生的，我們兩個人是同一天出生的耶。」

舒穆爾想了想。「那你也是九歲。」他說。

「對。這不是很奇怪嗎？」

「奇怪極了！」舒穆爾說。「因為圍籬這邊雖然有幾十個舒穆爾，可是我好像沒有遇見過一個生日跟我同一天的人。」

「我們就像是雙胞胎一樣。」布魯諾說。

「有一點。」舒穆爾同意。

突然之間布魯諾的心情大好。卡爾、丹尼爾、馬丁，他這輩子最要好的三個朋友的身影在他心中浮現，他想起了在柏林時他們四個人處得多麼融洽，忽然明白他在「奧特—喂」這裡有多孤單。

「你有很多朋友嗎？」布魯諾問，微微歪著頭，等舒穆爾回答。

「有啊。」舒穆爾說。「嗯，算是有啦。」

布魯諾皺起了眉頭，他本來希望舒穆爾會說沒有，這樣他們倆就會有共同點。

「好朋友嗎？」他再問。

「不算很好。」舒穆爾說。「可是我們有很多人——我是說像我們這麼大的男生——在圍籬這一邊。可是我們常常打架，所以我才會來這裡，躲開他們。」

「太不公平了！」布魯諾說。「為什麼我就得待在圍籬這邊，沒有人可以講話，沒有人可以玩，你卻可以有幾十個朋友，而且搞不好每天都在玩？我得跟爸爸說。」

「你是從哪裡來的？」舒穆爾問，瞇起了眼睛，好奇地打量布魯諾。

「柏林。」

「那是哪裡？」

布魯諾張開口要回答，卻發現他也不是完全確定。「當然是在德國啊！」他說。「你不是從德國來的嗎？」

「不，我是波蘭人。」舒穆爾說。

布魯諾的眉頭皺了起來。「那你為什麼說的是德語？」他問。

「因為你用德語打招呼，所以我才用德語回答啊。你會說波蘭話嗎？」

「不會。」布魯諾說，緊張地笑笑。「我不認識會說兩種語言的人，尤其是像我們這個年紀。」

「我媽媽是我學校的老師，是她教我德語的。」舒穆爾解釋。「她也會說法語，還有義大利語、英語，她很聰明。我還不會說法語和義大利語，不過她說將來她會教我，因為我可能會用得著。」

「波蘭。」布魯諾若有所思地說，仔細唸著這兩個字。「它沒有德國這麼好，對不對？」

換舒穆爾的眉頭皺了起來。「為什麼沒有？」他問。

「因為德國是最偉大的國家啊！」布魯諾回答，想起了在許多場合偷聽到爸爸和爺爺的談話。「我們比較優越。」

舒穆爾瞪著他，但是沒有吭聲，布魯諾突然有股強烈的慾望，想要改變話題，因為儘管話出自他自己的嘴巴，但連他都聽著不對勁，而且他一點也不想讓舒穆爾覺得他這個人不友善。

「波蘭到底是在哪裡啊？」沉默的幾分鐘過去之後，他才問。

「是在歐洲。」舒穆爾說。

布魯諾盡力去回想最近在李斯特先生的地理課上學到的國家。「你聽過丹麥嗎？」他問。

「沒有。」舒穆爾說。

「我想波蘭是在丹麥。」布魯諾說，想要讓對方覺得他很聰明，可是卻連他自己都愈來愈糊塗了。「因為丹麥是在好幾百英里之外。」他又補充這一句。

舒穆爾又瞪著他一會兒，張開嘴又閉上嘴兩次，彷彿是在小心思考他的話。「可是這裡是波蘭。」最後他說。

「真的？」布魯諾說。

「真的，而且丹麥距離波蘭和德國都很遠。」

布魯諾皺起了眉頭。這些地方他統統聽過，可是就是沒辦法弄清楚他們的地理位置。「唔，沒錯。」他說。「可是那是相對的，不是嗎？我是說距離這種東西。」

他希望能趕緊結束掉這個話題，因為他開始覺得他完全錯了，忍不住暗下決心將來上地理課要更專心一點。

「我沒去過柏林。」舒穆爾說。

「我在來這裡之前也沒去過波蘭。」布魯諾說，這話沒說錯，他確實是沒去過。「那是說，如果這裡真的是波蘭的話。」

「我很確定是，」舒穆爾靜靜地說。「只不過不是很棒的一區。」

「對。」

「我家那邊要棒多了。」

「可是當然不會比柏林棒，」布魯諾說。「我們在柏林有一棟大房子，一共有五樓，如果算上地下室和有窗子的小頂樓的話。而且還有漂亮的馬路和商店和蔬菜水果攤和一大堆咖啡店。可是你要是去的話，我不會推薦你在禮拜六下午到市中心去逛，因為人太多了，你會被推過來擠過去的。而且在事情改變之前那裡更棒。」

「你是什麼意思？」舒穆爾問。

「喔，那裡以前很安靜，」布魯諾解釋，他不喜歡談事情是怎麼改變的。「我晚上可以躺在床上看書。可是現在有時候變得很吵，而且很可怕，我們還得在天黑之後把所有的燈都關掉。」

「我家比柏林要棒多了！」舒穆爾說，他從沒去過柏林。「那裡的人都好和氣，我們家有好多人，而且食物也好多了。」

「唉，我們也只好各說各話，誰也不同意誰了。」布魯諾說，不想跟新朋友吵架。

「好吧。」

「你喜歡探險嗎？」布魯諾過了一會兒後問。

「我沒有真的探過險。」舒穆爾承認。

「等我長大了，我要當探險家。」布魯諾說，很快地點點頭。「現在我除了看一些探險家的書之外，不能做什麼，可是這樣一來，等我當了探險家之後，我就不會跟他們犯同樣的錯了。」

舒穆爾皺著眉頭。「什麼樣的錯？」他問。

「喔，數不清的錯。」布魯諾解釋。「探險這回事就是你得知道你發現的東西值不值得發現。有些東西就坐在那裡，忙著自己的事，等著被人發現，像是美洲。有些東西最好別去碰，像是櫃子後面的一隻死老鼠。」

「那我應該是屬於第一類。」舒穆爾說。

「對。」布魯諾回答。「我覺得也是。我可以問你一個問題嗎？」他過了一會兒後說。

「可以。」舒穆爾說。

布魯諾考慮了一下，他不想問錯話。

「圍籬那邊為什麼有那麼多的人？」他問。「你們都在做什麼？」

Chapter

11

「炎首」

The Fury

幾個月之前，就在爸爸收到新制服，也就是人人都得稱呼他「司令官」之前，就在布魯諾回家來發現瑪麗亞在收拾他的東西之前，有天晚上爸爸無比激動地回家來，像是變了一個人一樣，大步走進客廳，媽媽、布魯諾和葛蕾朵正在客廳裡看書。

「週四晚上，」他宣佈。「無論週四晚上有什麼計畫，都得取消。」

「你要取消你自己的計畫，那是你的事，」媽媽說，「我可是已經安排好要去看戲，跟——」

「『炎首』有事情要跟我商量。」爸爸說，別人都不行，只有他可以打斷媽媽的話。「今天下午我接到電話，他只能抽出週四晚上，而且他還要過來吃晚飯。」

媽媽的眼睛突然睜大，嘴巴也張成了一個O。布魯諾瞪著她看，心裡在想每次自己感到驚訝的時候，是不是就像這副樣子？

「你是在開玩笑吧？」媽媽說，臉色變得有點蒼白。「他要來這裡？到我們家？」

爸爸點頭。「七點。」他說。「我們最好想想晚餐要弄點什麼特別的。」

「我的天啊！」媽媽說，眼珠子來回地轉，腦子裡想著必須要做的大小瑣事。

「誰是『炎首』啊？」布魯諾問。

「你唸錯了。」爸爸說，又唸了一遍給他聽。

「『炎首』。」布魯諾再說一遍，想要唸得正確，卻還是失敗了。

「不對，」爸爸說，「是——喔，算了！」

「可是他到底是誰啊？」布魯諾又問。

爸爸驚訝地瞪著他。「你很清楚『炎首』是誰啊。」他說。

「我不知道啊。」布魯諾說。

「他治理這個國家，白癡。」葛蕾朵說，跟所有的姊姊一樣愛現（就是類似這樣的事才讓她變成討厭鬼）。「你難道連報紙都不看嗎？」

「拜託別說妳弟弟是白癡。」媽媽說。

「那罵他笨蛋可以嗎？」

「還是不要的好。」

葛蕾朵又坐了下來，一臉的失望，卻還是朝布魯諾吐舌頭。

「他一個人來嗎？」媽媽問。

「我忘了問，」爸爸說。「可是我猜他會帶她一起來。」

「我的天啊！」媽媽又說，站了起來，在心中計算她在週四之前必須組織好的事情，她只有兩天的時間，屋子必須全棟大掃除，窗戶得洗，餐廳桌子得磨光、擦亮，食物得訂購，女傭和管家的制服得清洗熨燙，瓷器、玻璃器皿都得擦到閃閃發光才行。

也不知是怎麼回事，待辦事項的清單愈列愈長，不過媽媽還是設法在預定的時間內完成了一切，只是她不時嘮嘮叨叨地說要是家裡能多一些幫手，週四那晚絕對會更成功、更妥貼。

「炎首」預定抵達前的一個小時，葛蕾朵和布魯諾已經被帶下樓，很稀罕地進入了爸爸的辦公室。葛蕾朵穿著白洋裝、及膝長襪，頭髮也捲成了螺旋捲。布魯諾穿著暗褐色短褲、白襯衫，打著暗褐色領帶。為了今晚，他還穿了雙新鞋，心裡非常得意，雖然新鞋稍微小了一些，擠得他的腳好痛，讓他很難走路。這種種的準備和新衣服似乎稍嫌過火了一點，因為布魯諾和葛蕾朵並沒有受邀參加晚餐，他們一個小時之前就已經吃飽了。

「孩子們。」爸爸說，他坐在辦公桌後，看著兒子又看看女兒，再看看女兒又看看兒子。「你們知道今天晚上非常特殊，是不是？」

兩人點頭。

「也知道要是今晚一切順利，對我的事業非常重要？」

兩人再次點頭。

「所以在我們開始之前，有幾條基本規則要講清楚。」爸爸凡事都講求基本規則。每次家裡有什麼特別的或是重要的事，他就會變出更多的基本規則來。

「第一，」爸爸說，「『炎首』抵達之後，你們要靜靜地站在門廳，等著迎接他。等他跟你們說話之後，你們才能開口，回答的時候要字正腔圓，每個字都要說清楚。懂嗎？」

「懂，爸爸。」布魯諾咕噥。

「這樣子是絕對要避免的。」爸爸說，指的是咕噥。「你們要張開嘴，像大人一樣說話，我們最不想看見的就是你們兩個表現得很幼稚。要是『炎首』沒理你們，那你們就什麼也別說，只要兩眼向前看，表現出對偉大的領袖應有的尊重和禮貌。」

「沒問題，爸爸。」葛蕾朵用清晰的聲音說。

「媽媽跟我在與『炎首』晚餐的時候，你們兩個都得安安靜靜地待在房間裡，不准跑來跑去，不准玩溜滑梯，」——說到這兒，他特意盯著布魯諾看。「也不准來打擾我們。懂了嗎？我不要你們兩個製造混亂。」

布魯諾和葛蕾朵點頭，爸爸站了起來，表示這次的會談結束了。

「那麼基本規則就定好了。」他說。

四十五分鐘後，門鈴響起，整個房子興奮得好像火山爆發。布魯諾和葛蕾朵並肩站在樓梯口，媽媽站在他們旁邊，緊張地絞著手。爸爸迅速地打量了家人一眼之後，點點頭，表情好像很滿意，接著打開了前門。

有兩個人站在門外：一個相當矮小的男人，和一個比他高的女人。

爸爸對他們敬禮，請他們進屋來。瑪麗亞的頭垂得比平時更低，接過他們的大衣，應酬話就開始了。他們首先和媽媽說話，布魯諾乘機瞪著客人看，自己來斷定他們值不值得這麼大費周章。

「炎首」比爸爸矮多了，而且照布魯諾看來，也沒有爸爸壯。他有深色的頭髮，剪得很短，還留了一小撮鬍子——真的是好小的一小撮，布魯諾不禁懷疑他幹嘛還留？說不定是他在刮鬍子的時候忘了一小塊沒刮呢。他身邊的女人倒是他這輩子見過最美的女人了，她一頭金髮，嘴唇非常地紅。「炎首」跟媽媽講話，她卻轉過來看著布魯諾，對他微笑，害他尷尬得臉都紅了。

「這是我的孩子，『炎首』。」爸爸說，葛蕾朵與布魯諾向前一步。「葛蕾朵和布魯諾。」

「哪個是哪個啊？」「炎首」說，大家都笑了起來，只有布魯諾沒笑，他覺得哪個是哪個不是很明顯的事嗎，有什麼好笑的？「炎首」伸手與他們兩人握手，葛蕾朵小心翼翼地行了一個事前演練過的曲膝禮，可是卻出了岔子，差點跌倒，布魯諾忍不住偷笑。

「好可愛的孩子。」金髮美女說。「我可以知道他們多大了嗎？」

「我十二歲，他只有九歲。」葛蕾朵說，不屑地看著弟弟。「而且我會說法語。」她又加上一句。嚴格說來並不是事實，因為她只不過在學校裡學了幾個句子。

「妳為什麼會想要說法語呢？」「炎首」問，這一次沒有人笑，大家反而都緊張不安地把身體重心從這腳換到那腳。葛蕾朵瞪著他，不確定他想不想聽答案。

但是尷尬的氣氛很快就結束了，因為「炎首」一句話也沒說，他一轉身，直直地走向餐廳，立刻就在桌首坐了下來——那是爸爸的位子！布魯諾從來沒看過這麼粗魯的客人。一陣騷動後，媽媽和爸爸也跟著他進入餐廳，媽媽還指示拉爾斯開始熱湯。

「我也會說法語。」金髮美女說，彎下腰來，對兩個孩子微笑。她似乎不像媽媽和爸爸一樣怕「炎首」。「法語是很優美的語言，妳一定是非常聰明才能學。」

「伊娃。」「炎首」從另一個房間喊，還彈手指，當她是什麼小狗似的。金髮美女翻了個白眼，緩緩挺直身子，向後轉。

「我喜歡你的鞋子，布魯諾，可是好像有點緊。」她笑著說。「如果真的緊，你應該跟你媽媽說，免得傷到了你自己。」

「是有一點緊。」布魯諾承認。

「我通常也不會把頭髮捲起來。」葛蕾朵說，很嫉妒弟弟受到的注意。

「為什麼呢？」金髮美女說。「這樣很漂亮啊。」

「伊娃！」「炎首」第二次大吼，這一次她舉步要走開了。

「很高興認識你們。」她說完這話才走入餐廳，坐在「炎首」的左手邊。葛蕾朵朝樓梯走，但是布魯諾卻像腳上生了根一樣杵在原地不動，望著金髮美女。她終於注意到他的眼光，朝他揮了揮手，這時爸爸正好出現，歪了歪頭，關上了門。布魯諾一看爸爸的動作就知道他應該要上樓了，而且要安安靜靜坐著，不准發出噪音，更不准玩溜滑梯。

「炎首」和伊娃一待就是兩個小時，無論是葛蕾朵或布魯諾都沒有被叫下樓去和客人說再見。布魯諾從臥室窗戶看著他們離開，注意到他們走向汽車的時候（竟然還有司機呢！），「炎首」並沒有為女士開門，反而自顧自地爬進車裡，拿起報紙來看，讓她一個人再一次向媽媽說再見，感謝她準備了可口的晚餐。

真是可怕的人，布魯諾心裡想。

當天更晚的時候，布魯諾偷聽到了爸媽談話的點點滴滴，有些片段從爸爸辦公室的鑰匙孔或門縫下傳了出來，飄上了樓梯，在樓梯平台上盤繞，又鑽進了布魯諾的臥室。爸媽的聲音大得出奇，布魯諾只能聽懂一些片段：

「……離開柏林，就為了那種地方……」媽媽說。

「……別無選擇，如果我們還想要繼續……」爸爸說。

「……好像是天底下再自然不過的事情似的，可是不是，又不是像……」媽媽說。

「……事情是我會被帶走，被當成……」爸爸說。

「……期望他們在那種地方長大……」媽媽說。

「……這件事就這麼決定了，我不想再聽到什麼異議……」爸爸說。

這一定就是談話的最後一段，因為媽媽離開了爸爸的辦公室，布魯諾也睡著了。

幾天之後，他放學回家來，就發現瑪麗亞站在他的臥室裡，把他的東西從櫃子裡拉出來，收拾到四個大木箱裡，就連那些他藏在衣櫃最裡面、屬於他個人、別人管不著的物品也都被她搜出來了。

Chapter

12

舒穆爾對布魯諾的問題想出回答

Shmuel Thinks of an Answer to Bruno's Question

「我只知道這樣。」舒穆爾說。「我們來這裡之前，我和爸爸、媽媽還有我哥約瑟夫住在一棟小公寓裡，底下的店就是爸爸做鐘錶的地方。每天早上七點，我們一起吃早飯，然後我們去上學，爸爸幫人家修理他們拿過來的鐘錶，也製作新的鐘錶。我以前有一只很漂亮的錶，是爸爸給我的，現在不見了。錶面是金色的，我每天晚上睡覺以前都會給它上發條，它都跑得好準。」

「它怎麼會不見了？」布魯諾問。

「他們拿走了。」舒穆爾說。

「誰啊？」

「當然是阿兵哥啊。」舒穆爾說，彷彿這是世界上最明顯的事情了。

「後來有一天就變得不一樣了。」他繼續說。「我放學回家來，我媽在幫我們用一塊特別的布做臂章，每一個都畫了一顆星，像這個。」他伸出一根手指在地上畫了一個圖案。

「每次出門，她就要我們拿一個臂章戴上。」

「我爸也有戴，」布魯諾說。「戴在他的制服上，很好看，是鮮紅色的，上頭有一個黑白的圖案。」他也伸出指頭在圍籬這邊的地上畫了一個圖案。

卐

「對，可是兩個不一樣，不是嗎？」舒穆爾說。

「都沒有人給我臂章。」布魯諾說。

「這也不是我向人家要的啊。」舒穆爾說。

「還不是一樣，」布魯諾說，「我覺得我倒想要有一個。不過，我不知道我比較喜歡哪一個，是你的還是我爸爸的。」

舒穆爾搖頭，又繼續說他的故事。他已經很少再去回想這些事情了，因為回憶鐘錶店樓上的舊生活讓他非常難過。

「我們戴臂章戴了幾個月。」他說。「後來事情又變了，有一天我回家來，媽媽跟我們說，我們不能再住在自己的房子裡了——」

「我也是一樣！」布魯諾大喊，很高興他不是唯一一個被迫搬家的男生。「『炎首』來吃晚餐，你知道，結果我們就搬來了這裡。我恨死這裡了！」他很大聲地再補上一句：「他是不是也到你家，做了一樣的事？」

「沒有，可是別人告訴我們，我們不能再住在自己的家裡，我們得搬到克拉寇[3]的另一邊去，阿兵哥在那裡蓋了很高的圍牆，我爸、我媽、我哥跟我都得住在同一個房間裡。」

「你們四個？」布魯諾問。「住在一個房間？」

「還不只我們，」舒穆爾說，「還有另一家人，他們家的爸爸、媽媽老是在吵架，還有一個兒子長得比我壯，我什麼都沒做錯他也打我。」

「你們不可能全都住在一個房間裡，」布魯諾說，搖著頭，「太沒道理了！」

「我們全都住在同一個房間裡，」舒穆爾說，不斷點頭，「一共十一個人。」

布魯諾張嘴想反駁——他並不真的相信十一個人可以住在同一個房間裡——可是又改變了主意。

「我們在那裡住了幾個月，」舒穆爾接著說，「全部的人擠在一個房間裡。房間裡有一扇小窗，可是我不喜歡看外面，因為我會看到圍牆。我恨透了圍牆，因為我們真正的家就在圍牆的另一邊。而且這一邊是不好的一邊，因為老是很吵，根本不可能睡覺。我也討厭路卡，他就是那個連我什麼都沒做也會揍我的男生。」

「葛蕾朵有時候也會打我，」布魯諾說。「她是我姊姊。」他再補充說明。「而且是個討厭鬼，不過很快我就會長得比她又高又壯，到時候我就會讓她好看。」

「後來有一天，阿兵哥開著大卡車來了。」舒穆爾繼續說，他似乎對葛蕾朵沒什麼興趣。「每個人都得離開房子。很多人不想走，就到處躲，可是到最後他們應該還是抓到了每一個人。卡車把我們帶到火車上，火車又……」他頓了頓，咬住嘴唇。布魯諾覺得自己快哭了，卻又不明白為什麼。

「火車很可怕。」舒穆爾說。「車廂裡面擠了太多人，又沒有空氣可以呼吸，而且味道臭死了。」

「那是因為你們都擠進了同一個車廂裡面。」布魯諾說，想起了他離開柏林時，在火車站看見的兩列火車。「我們搬來這裡的時候，月台另一邊還有一

3 Cracow，位於波蘭的南方，是昔日波蘭的首都。

班火車，可是好像沒有人看見。我們搭的就是那班車。你們真的應該坐那班車才對。」

「我不覺得我們可以。」舒穆爾說，搖著頭。「我們沒辦法從車廂出去。」

「車門就在後面啊。」布魯諾解釋。

「根本就沒有門。」舒穆爾說。

「唉，當然有門啊。」布魯諾嘆著氣說。「就在後面，」他再說一次，「就在用餐區再過去。」

「根本就沒有門。」舒穆爾仍然堅持他的意見。「要是有門的話，我們早就都跑下車了。」

布魯諾低聲咕噥什麼「當然有門」之類的話，可是沒有大聲說出來，所以舒穆爾沒聽見。

「火車終於停了之後，」舒穆爾繼續說，「我們就到了一個很冷的地方，大家都得走路。」

「我們有車子。」布魯諾說，這一次說得很大聲。

「媽媽也被帶走了，爸爸跟約瑟夫跟我被帶進了那邊的房子裡，一直住到現在。」

舒穆爾說故事的時候神情非常地哀傷，布魯諾也不知道為什麼，在他聽來並沒有那麼可怕啊，再說同樣的事也發生在他身上啊。

「那邊有很多男生嗎？」布魯諾問。

「幾百個。」舒穆爾說。

布魯諾的眼睛瞪得好大。「幾百個？」他說，詫異極了。「真是太不公平了！我在圍籬這邊找不到一個可以玩，一個都沒有。」

「我們不玩。」舒穆爾說。

「不玩？為什麼不玩？」

「要玩什麼？」他反問，一臉的迷惑。

「呃，我不知道，」布魯諾說。「什麼都可以啊，像是足球啊，或是探險。對了，在那邊探險是什麼樣子？好不好玩？」

舒穆爾搖頭，默不作聲。他回頭看著那些房子，又轉頭看著布魯諾。他不想問下一個問題，但是肚子裡的疼痛卻讓他不得不問。

「你身上沒帶吃的東西吧？」他問。

「恐怕沒有。」布魯諾說。「我本來想帶巧克力的，又忘了。」

「巧克力。」舒穆爾說得非常慢，舌頭從牙齒後伸出來。「我只吃過一次巧克力。」

「只有一次？我愛死巧克力了，雖然媽媽說我的牙齒會壞掉，可是我還是怎麼吃都吃不膩。」

「你也沒有麵包嗎？」

布魯諾搖頭。「什麼也沒有。」他說。「我們六點半才吃晚餐，你們什麼時候吃？」

舒穆爾聳聳肩，站了起來。「我最好還是回去了。」他說。

「說不定你哪天可以來跟我們一起吃晚餐。」布魯諾說，即使他不確定這是不是個好主意。

「大概吧。」舒穆爾說，語氣卻不是很信服。

「不然就我去找你。」布魯諾說。「也許我可以過去見見你的朋友。」他跟著滿懷希望地說。他本來希望舒穆爾會開口邀請，可是卻左等右等也不見他有這個意思。

「可是你是在圍籬的那一邊。」舒穆爾說。

「我可以從底下爬過去啊。」布魯諾說，彎下腰把地上的鐵絲抬了起來。在兩根電線杆中央的部分鐵絲很容易就抬了起來，像布魯諾這麼小的男生可以輕易爬過去。

舒穆爾看著他這麼做，緊張得後退。「我得回去了。」他說。

「那就改天下午見了。」布魯諾說。

「我不應該來這裡，要是被他們抓到，我會倒大楣。」

他轉身走開，布魯諾又一次注意到他的新朋友有多麼瘦小，但是他並沒有針對這點說什麼，因為他知道為了身高這種小事被批評是多麼不愉快，而他最不想做的事就是對舒穆爾不和善。

「我明天再來。」布魯諾對著走開的舒穆爾大喊。舒穆爾什麼也沒說，事實上，他還跑了起來，丟下了布魯諾一個人。

布魯諾決定今天的探險可以告一段落了，他轉身回家，心裡很興奮，恨不得趕緊把今天發生的事告訴爸媽和葛蕾朵——搞不好她會嫉妒得要死，自己也來探險——還有瑪麗亞和廚子和拉爾斯，告訴他們今天下午的探險，還有他新交的那個名字很好笑的朋友，還有他們兩個的生日一樣。可是愈靠近他們自己的屋子，他就愈覺得這也許不是個好主意。

畢竟，他自己推測，他們很可能不想讓我跟他交朋友，萬一真是這樣，他們很可能會禁止我出門。等他穿過大門，嗅到了烤牛肉的香味，他決定暫時還是先保密，一個字也不要說出去。這會是他自己的秘密。喔，不對，是他和舒穆爾的秘密。

布魯諾覺得，對父母來說，尤其是對姊妹來說，有些事情還是瞞著他們，才不會傷害到他們。

Chapter

13

那瓶酒

The Bottle of Wine

一週又一週過去，布魯諾也逐漸明白，在可預見的將來他是不會搬回柏林的家了，所以他可以把在舒適的家裡從樓上溜滑梯下來給忘了，也不會在短期間內看見卡爾或是丹尼爾或是馬丁了。

不過一天天過去，他也開始適應了「奧特—喂」，不再對自己的新生活那麼不快樂了。畢竟他現在又不是找不到人說話。每天下午下課後，布魯諾就會沿著圍籬走上一段路，坐下來跟他的新朋友舒穆爾聊天，一直聊到該回家了，這一點已經可以稍微彌補他想念柏林的那些快樂時光。

一天下午，他正從廚房冰箱拿出麵包和乳酪放進口袋裡，瑪麗亞進來了，一看見他在做什麼就停下了腳步。

「哈囉。」布魯諾說，想要表現得很輕鬆。「妳嚇了我一跳，我沒聽見妳進來。」

「你不會又要吃了吧？」瑪麗亞笑著問。「你不是吃過午飯了嗎？現在還餓？」

「有一點。」布魯諾說。「我要去散步，覺得路上可能會餓。」

瑪麗亞聳聳肩，走向爐子，把一鍋水放到爐子上煮，而在爐子旁邊的流理台上則是一堆馬鈴薯和胡蘿蔔，等著下午佩佛過來削皮。布魯諾正要走，忽然又注意到這堆食物，心中浮現一個問題，這問題已困擾他有一陣子了。他一直想不起來該問誰，但現在似乎正是時候，而且也碰對了人。

「瑪麗亞，」他說，「我能不能問妳一件事？」

女傭轉過身來，驚訝地看著他。「當然可以呀，布魯諾少爺。」她說。

「要是我問了妳，妳可以保證不會跟別人說嗎？」

她懷疑地瞇起了眼睛，卻仍點頭。「好吧。」她說。「你想問什麼？」

「是佩佛。」布魯諾說。「妳知道他，對不對？那個來削皮、晚餐伺候我們的人。」

「哦，是啊。」瑪麗亞笑著說，似乎鬆了口氣，他要問的不是什麼更嚴肅的問題。「我知道佩佛，有好幾次我們還說過話。你要問他什麼？」

「這個嘛，」布魯諾說，很小心地遣詞用字，以免說了什麼不該說的話，「妳記不記得我們搬來沒多久後，我在橡樹上做了鞦韆，摔下來割傷了膝蓋？」

「記得啊。」瑪麗亞說。「你該不會是膝蓋又痛了吧？」

「沒有，不是那樣。」布魯諾說。「可是我受傷的時候只有佩佛一個大人在附近，他把我帶進來，清洗了傷口，塗上綠藥膏，塗的時候很痛，不過我猜很有用，後來他幫我包了繃帶。」

「要是有人受傷，大家都會那麼做啊。」瑪麗亞說。

「我知道，」他接著說。「可是，那時候他告訴我他根本就不是服務生。」

瑪麗亞的表情微微僵硬，有一會兒不說一句話，反而別開臉，舔舔嘴唇，然後才點點頭。「我懂了。」她說。「那他說他究竟是做什麼的？」

「他說他是醫生。」布魯諾說。「可是一點也不對勁，他不是醫生吧？」

「不是，」瑪麗亞說，搖著頭。「他不是醫生，他是服務生。」

「我就知道。」布魯諾說，對自己很滿意。「那他幹嘛要對我撒謊？一點道理也沒有啊！」

「佩佛不再是醫生了，布魯諾。」瑪麗亞平靜地說。「可是他從前是，在另一段的人生裡，在他來這裡之前。」

布魯諾皺起了眉頭，用心地想。「我不懂。」他說。

「很少有人懂。」瑪麗亞說。

「可是他既然以前是醫生，現在為什麼不是？」

瑪麗亞嘆氣，看著窗外，確定沒有人過來之後，便朝椅子點個頭，她和布魯諾都坐了下來。

「要是我告訴了你佩佛告訴我的故事，」她說，「你絕對不可以跟別人講，懂嗎？否則我們都會有大麻煩。」

「我不會說出去的。」布魯諾說，他最愛聽秘密了，而且幾乎從來沒有洩露出去過，當然除非是絕對必要，那時他也沒辦法，只好洩露了。

「好吧，」瑪麗亞說。「我知道的是這樣的。」

布魯諾比平常要晚到他每天和舒穆爾見面的圍籬邊，不過他的新朋友已經和平常一樣盤腿坐在地上等他了。

「對不起，我來晚了。」他說，把麵包和乳酪從鐵絲網間遞過去——一部分被他在路上吃掉了，他畢竟是走得有點餓了。「我在跟瑪麗亞講話。」

「誰是瑪麗亞？」舒穆爾問，沒有抬頭看，只是忙著狼吞虎嚥。

「她是我們的傭人。」布魯諾解釋說。「她人很好，只是爸爸說她薪水拿得太多。可是她跟我說這個叫佩佛的人，他幫我們切菜，也幫忙上菜，我覺得他住在你們那一邊。」

舒穆爾抬頭看了他一會兒，暫時停止吃東西。「我這一邊？」

「對。你認識他嗎？他很老了，還有一件白外套，他上菜的時候穿的，說不定你見過他。」

「沒有。」舒穆爾說，搖搖頭。「我不認識他。」

「怎麼會？」布魯諾懊惱地說，就像舒穆爾是故意跟他作對似的。「他不像有些大人那麼高，而且他有灰頭髮，還有一點駝背。」

「你可能不明白圍籬這邊住了多少人。」舒穆爾說。「我們有好幾千個人。」

「可是這一個叫做佩佛。」布魯諾仍是不改口。「我從鞦韆上摔下來的時候是他幫我清理傷口，不讓傷口感染，他還幫我包繃帶。啊，反正我要跟你講的原因是他也是從波蘭來的，跟你一樣。」

「我們大部分都是從波蘭來的，」舒穆爾說。「不過，也有人是從其他地方來的，像是捷克和——」

「對，所以我才覺得你可能會認識他啊。反正啊，他在家鄉的時候是醫生，可是來了這裡以後他就不能再當醫生了，要是爸爸知道我受傷的時候是他幫我清理傷口的，那就會有大麻煩。」

「阿兵哥通常都不喜歡大家變好。」舒穆爾說，吞下最後一口麵包。「通常都是正好相反。」

布魯諾點頭，其實並不真的知道舒穆爾的意思。他抬頭凝視天空，過了一會兒，才看著鐵絲網後面，問了另一個盤據在心頭的問題。

「你知道長大以後要做什麼嗎？」他問。

「知道，」舒穆爾說。「我要到動物園工作。」

「動物園？」布魯諾問。

「我喜歡動物。」舒穆爾平靜地說。

「我要當阿兵哥，」布魯諾用果斷的語氣說，「像我爸爸。」

「我不喜歡當阿兵哥。」舒穆爾說。

「我不是要當科特勒中尉那樣的阿兵哥。」布魯諾很快地說。「不是那種走路大搖大擺，好像這地方是他的，跟你的姊姊一起笑、跟你媽媽講悄悄話的阿兵哥。我覺得他根本就不是好阿兵哥，我要當像我爸那樣的，好的阿兵哥。」

「根本就沒有好阿兵哥。」舒穆爾說。

「當然有。」布魯諾說。

「誰？」

「我爸啊。」布魯諾說。「所以他才會穿那麼酷的制服，每個人都叫他司令官，都聽他的話。『炎首』很器重他，因為他是個好阿兵哥。」

「根本就沒有好阿兵哥。」舒穆爾又說一遍。

「我爸就是。」布魯諾也再說一遍，他希望舒穆爾不要再那麼說了，因為他不想跟他吵架，畢竟舒穆爾是他在「奧特—喂」這裡唯一的朋友。可是爸爸到底是爸爸，布魯諾不想要別人說他的壞話。

兩個男孩都有幾分鐘沒開口，誰也不想說什麼會後悔的話。

「你不知道這裡是什麼樣子。」最後舒穆爾用低沉的聲音開口說，低得布魯諾差點就沒聽見。

「你沒有姊姊吧？」布魯諾立刻問，假裝沒聽見，因為這麼一來他就不用回答了。

「沒有。」舒穆爾說，搖搖頭。

「你真幸運。」布魯諾說。「葛蕾朵只有十二歲，就以為她什麼都知道，可是她其實是一個討厭鬼。她坐在窗戶旁邊向外看，每次看到科特勒中尉過來，就趕快往樓下跑，假裝她一直在門廳裡。前天我逮到她又是那樣，等他一進來，她就跳起來說：『哎喲，科特勒中尉，我不知道你在這裡呢。』我知道其實她就在等他。」

布魯諾說話的時候沒有看舒穆爾，可是等他終於看過去，才注意到朋友的臉色比平常蒼白。

「怎麼了？」他問。「你看起來好像要生病了。」

「我不喜歡談他。」舒穆爾說。

「誰啊？」布魯諾問。

「科特勒中尉。我怕他。」

「我也有點怕他。」布魯諾承認。「他最愛大欺小，而且他的味道很奇怪，都是因為他擦的古龍水。」舒穆爾突然開始微微發抖，布魯諾東張西望，彷彿他用看的就可以看出冷不冷，而不是用感覺的。「怎麼了？」他問。「天氣沒有那麼冷吧？你應該帶件外套的，你知道，晚上是愈來愈冷了。」

那天晚上，布魯諾很失望地發現科特勒中尉要跟他、爸媽和葛蕾朵一起吃飯。佩佛跟平常一樣穿著白外套，伺候他們用餐。

布魯諾看著佩佛繞著餐桌忙，發現只要看著佩佛，他就覺得難過，他在心裡亂猜，不知道他穿的這件白外套是不是就是他當醫生穿的那一件。他把盤子端進來，放在每個人面前，他們一邊吃一邊聊天，而他就退後靠牆而站，動也不動，既沒有向前看，也沒有真的在看，就好像他的身體站著睡著了，眼睛是睜開的。

無論是誰需要什麼，佩佛都會立刻送上來，但是布魯諾愈注意他，就愈肯定悲慘的事情發生了。他好像一個禮拜比一個禮拜瘦小——如果這種事情真的可能的話——他臉頰上應該有的血色也幾乎完全不見了。他的眼睛似乎充滿著淚水，布魯諾覺得只要他用力眨個眼，他的眼睛就會鬧水災。

佩佛端盤子進來的時候，布魯諾忍不住注意到他的手因為盤子的重量而微微發抖，而且在他退後站到平常的位置時，他的腿似乎在搖晃，必須要一手按住牆壁才能穩住。媽媽開口兩次要湯，他才聽見，而且他讓酒瓶空著，沒有及時開另一瓶酒幫爸爸斟滿酒杯。

「李斯特先生不讓我們讀詩和戲劇。」布魯諾在吃主菜的時候抱怨著。因為有客人一起吃飯，一家人都穿得很正式——爸爸穿制服，媽媽穿綠洋裝，襯托出她的眼睛，葛蕾朵和布魯諾穿上了他們在柏林上教堂的衣服。「我問他可不可以一個禮拜讀一次，可是他說不行，由他負責我們教育的時候就不行。」

「我相信他有他的理由。」爸爸說，進攻一條羊腿。

「他一天到晚要我們唸歷史和地理，」布魯諾說。「我開始討厭歷史和地理了。」

「別說『討厭』這兩個字，布魯諾。」媽媽說。

「你為什麼討厭歷史？」爸爸說，暫時放下叉子，看著桌子對面的兒子。布魯諾只聳聳肩，這是他的壞習慣。

「因為很無聊。」他說。

「無聊？」爸爸說。「我的兒子居然說讀歷史無聊？我跟你說，布魯諾，」他繼續說，身體向前傾，用刀子指著兒子，「我們會有今天都是因為歷史。要不是為了歷史，我們絕對不會坐在這張餐桌旁，而是乖乖待在柏林家裡的餐桌前，我們在這裡就是為了糾正歷史。」

「還是很無聊。」布魯諾又說，並沒有留意聽。

「你得原諒我弟弟，科特勒中尉。」葛蕾朵說，一手按住了他的手臂一會兒，這動作讓媽媽瞪著她，瞇起了眼睛。「他是一個很無知的小男生。」

「我才不無知。」布魯諾不客氣地說，受夠了她的侮辱。「你得原諒我姊姊，科特勒中尉，」他又很有禮貌地說，「可是她是個討厭鬼，我們實在幫不了她，醫生說她已經是沒辦法醫了。」

「住嘴！」葛蕾朵說，一張臉脹成了鮮紅色。

「妳才住嘴！」布魯諾很得意地笑著說。

「孩子們。」媽媽說。

爸爸用餐刀在桌上輕敲，人人都安靜了下來。布魯諾朝他的方向望去，他並不算是真的生氣了，不過的確是一副不想再聽他們吵架的表情。

「我小時候很喜歡歷史課。」過了安靜的幾分鐘後，科特勒中尉說。「我爸爸雖然是大學的文學教授，但我還是比較喜歡社會科學。」

「我都不知道呢，庫特。」媽媽說，轉過頭看了他一會兒。「他現在還在教書嗎？」

「應該是吧，」科特勒中尉說。「我不是很清楚。」

「你怎麼會不清楚？」她問，皺眉對他說。「難道你都沒跟他聯絡？」

年輕的中尉嚼著一口羊肉，這讓他有機會能思索如何回答。他看著布魯諾，彷彿後悔提起這話題。

「庫特，」媽媽又問，「你難道沒有跟你爸爸保持聯絡？」

「不算有，」他回答，漫不經心地聳了聳肩，沒有轉過頭看她。「他幾年前離開了德國，應該是一九三八年吧，從那之後我就沒見過他了。」

爸爸吃了一半停住，瞪著對面的科特勒中尉，微微皺眉。「他去了哪裡？」他問。

「我沒聽清楚，司令官先生。」科特勒中尉說，其實爸爸每一個字都說得很清晰。

「我問你他去了哪裡。」爸爸再說一次。「你爸爸，那位文學教授，他離開德國後去了哪裡？」

科特勒中尉的臉微微變紅，開口的時候有點結巴。「我相信……我相信他目前是在瑞士。」他終於說。「我最後一次聽說他在伯恩的一所大學教書。」

「喔，瑞士是個很美麗的國家啊。」媽媽很快地說。「我一直沒去過，我承認，可是我聽說——」

「他的年紀不會很大吧，你爸爸？」爸爸說，深沉的聲音讓所有人都安靜了下來。「我是說你只有……幾歲來著？十七？十八？」

「我剛滿十九歲，司令官先生。」

「那麼你爸爸應該是……四十來歲吧？」

科特勒中尉一聲不吭，逕自吃他的飯，不過卻不是很享受食物的樣子。

「真奇怪他竟然選擇離開祖國。」爸爸說。

「我們不是很親近，我爸爸和我。」科特勒中尉趕緊說，環顧左右，彷彿是欠人家一個解釋似的。「真的，我們有好多年不說話了。」

「我可以請問他有說是為了什麼理由離開嗎？」爸爸接著說，「在德國最輝煌燦爛的時刻，在國家最需要我們的時刻，在我們都有責任與義務復興民族的時刻？他是不是患了結核病？」

科特勒中尉瞪著爸爸，被他弄得一頭霧水。「您說什麼？」他問。

「他是為了新鮮空氣而去瑞士的嗎？」爸爸解釋。「還是他有什麼特別的原因才在一九三八年離開德國？」他隔了一會兒才又說。

「恐怕我並不知道，司令官先生。」科特勒中尉說。「您得自己問他。」

「只怕那有困難吧？我的意思是他在那麼遠的地方。不過很可能就是因為這樣，很可能他是生病了。」爸爸頓了一下才拿起刀叉繼續吃。「也可能是他有……異議。」

「異議，司令官先生？」

「不認同政府的政策。咱們偶爾會聽說有這種人。我猜那些人都是奇怪的傢伙，有些人還有點不正常，有些人是叛徒，也有懦夫。你當然向上級匯報過你爸爸的觀點了吧，科特勒中尉？」

年輕中尉張開嘴，吞嚥了一下，其實根本什麼都沒吃。

「算了，」爸爸愉快地說。「這話題可能根本就不適合拿來在餐桌上討論，稍後我們再來仔細地探討。」

「司令官先生，」科特勒中尉說，很焦急的向前傾，「我可以保證——」

「這不是適合在餐桌上討論的話題。」爸爸很犀利地重複一遍，立刻讓中尉閉上了嘴巴。布魯諾看看爸爸又看看中尉，覺得當下的氣氛既有趣又可怕。

「我想到瑞士去。」漫長的沉默之後，葛蕾朵說。

「吃妳的飯，葛蕾朵。」媽媽說。

「人家只是說說而已嘛。」

「吃妳的飯。」媽媽又說一次，正要再說什麼，卻被爸爸叫佩佛的聲音打斷了。

「你今天晚上是怎麼回事？」他問。佩佛正轉開一瓶新酒的瓶塞。「這是我第四次開口要酒了。」

布魯諾仔細盯著佩佛，雖然他沒出什麼岔子順利把瓶塞轉開了，布魯諾還是希望他現在沒事了。不過，在他幫爸爸斟滿酒杯之後，他又轉身去幫科特勒中尉倒酒，不知怎地卻沒抓好酒瓶，瓶子倒下來，裡頭的酒咕嘟嘟地流到了年輕中尉的大腿上。

接下來發生的事讓人既意外又極端不愉快，科特勒中尉變得非常氣佩佛，而且沒有人——布魯諾沒有，葛蕾朵沒有，媽媽沒有，連爸爸也沒有——出面阻止他接下來的舉動，儘管他們誰也看不過去這樣的場面，儘管布魯諾哭了起來，而葛蕾朵也臉色蒼白。

那天稍晚，布魯諾上床睡覺，他想著晚餐時發生的事。他想起他做鞦韆的那天下午佩佛多麼親切地幫忙，又多麼溫柔地幫他的膝蓋止血，幫他擦上綠藥膏。布魯諾明白爸爸平常是個很和氣又體貼的人，可是對於沒有人阻止科特勒中尉對佩佛發火這件事，布魯諾覺得一點也不公平，一點也不對。如果在「奧特—喂」這裡都是這類事情的話，那他最好不要反對任何人的意見；事實上他會乖乖閉緊嘴巴，不製造一點混亂，否則可能會惹火某人。

他在柏林的舊生活似乎變成一個模糊的記憶了，他甚至連卡爾、丹尼爾和馬丁的長相都快記不得了，他只記得三個人裡面有一個是紅頭髮。

Chapter

14

布魯諾說了一個完全合理的謊

Bruno Tells a Perfectly Reasonable Lie

接下來的好幾個禮拜，布魯諾都會在李斯特先生下了課離開、媽媽睡午覺時走出家門，沿著長長的圍籬走，去和舒穆爾碰面。舒穆爾幾乎每天下午都會在那兒等他，盤腿坐在地上，瞪著地上的泥土。

一天下午，舒穆爾多了一隻熊貓眼，布魯諾問起來，他卻只搖頭說不想談這件事。布魯諾猜想世界上到處是大欺小的人，不只在柏林的學校才有，而且舒穆爾的黑眼圈就是這種人造成的。他有股衝動想要幫朋友的忙，可是卻想不出能做什麼，同時他也看得出來舒穆爾想要假裝什麼事也沒發生。

布魯諾每天都會問舒穆爾他可不可以爬過鐵絲網，到圍籬那邊去跟他一起玩，但是舒穆爾每天的回答都是不行，這不是好主意。

「我真不知道你幹嘛那麼急著要到這邊來。」舒穆爾說。「這裡一點也不好玩。」

「那是因為你沒到我家住過。」布魯諾說。「先不說別的，那棟房子只有三層樓，誰能住在那麼小的地方啊？」他忘了舒穆爾告訴過他，在來到「奧特—喂」之前，他們有十一個人擠在同一個房間裡，還包括那個就算他沒做錯事也會揍他的男生路卡。

有一天，布魯諾問舒穆爾，為什麼圍籬那邊的人全部都穿同樣的條紋睡衣、戴同樣的布帽？

「我們到這裡的時候他們就給我們這些衣服啊。」舒穆爾解釋。「他們把我們其他的衣服都拿走了。」

「可是你們早上醒過來難道不會想要穿點不一樣的嗎？你的衣櫃裡面一定有別的衣服吧？」

舒穆爾眨眨眼，張嘴想說什麼，想了想又決定不說了。

「我甚至還不喜歡條紋呢。」布魯諾說，其實這句話不算是事實。說真的，他很喜歡條紋，而且他愈來愈受夠了得穿長褲、襯衫、打領帶，塞進一雙嫌小的皮鞋裡，而舒穆爾和他的朋友卻可以一整天穿睡衣。

幾天後，布魯諾一覺醒來，發現下雨了，這是幾週來第一次下這麼大的雨。雨是半夜下起來的，布魯諾甚至認為是雨聲把他吵醒了，可是很難說，因為一旦醒了就沒有辦法斷定究竟是怎麼回事。那天早上吃早餐時，雨仍下個不停。早晨上李斯特先生的課，雨還是一直下。下午上完了又一堂的歷史課和地理課，雨還在下。這可就糟了，因為這麼一來他就不能出門去和舒穆爾碰面了。

當天下午布魯諾躺在床上看書，卻發現不能專心，就在這時「討厭鬼」進來看他。她不常到布魯諾的房間來，寧願利用空閒時間擺弄她的洋娃娃。不過，這濕淋淋的天氣讓她暫時放下了她的遊戲，而且她現在也還不想再回頭去弄她的洋娃娃。

「妳要幹什麼？」布魯諾問。

「這樣打招呼還真是客氣啊。」葛蕾朵說。

「我在看書。」布魯諾說。

「什麼書？」她問，但是布魯諾懶得回答，只是把封面轉過去，讓她自己看。

葛蕾朵吐舌頭發出奚落的聲音，有些口水噴到了布魯諾的臉上。「無聊。」她用唱歌似的聲音說。

「一點也不無聊，」布魯諾說。「這是一個冒險故事，鐵定比洋娃娃好玩。」

葛蕾朵並沒有上當，沒有被他激怒。「你在幹什麼？」她再問一次，讓布魯諾更加惱怒。

「我說了，我在看書，」他粗聲粗氣地說。「只要某人別煩我。」

「我沒事情可以做，」她回答。「我討厭下雨。」

布魯諾覺得這點很難理解。反正她也整天都沒事幹，不像他，可以到處探險，還交了新朋友。她幾乎連大門都不出去，只不過今天她似乎是故意要發悶氣，就因為今天是下雨天，她非待在家裡不可，而不是她自願待在家裡。可是話說回來，有些時候兄弟姊妹是可以放下武器，像文明人一樣談話的，而布魯諾決定今天就是個好時機。

「我也討厭下雨，」他說。「我現在應該去找舒穆爾，不然他會以為我把他忘了。」

這句話就這麼溜了出來，他根本來不及阻止，一說完他立刻覺得胃痛，也對自己很生氣。

「你要去找誰？」葛蕾朵問。

「那是什麼？」布魯諾問，朝她背後眨眼。

「你剛才說應該去找誰？」她再問。

「對不起，」布魯諾說，飛快地動著腦筋。「我沒聽清楚，妳能再說一遍嗎？」

「你剛才說應該去找誰？」她大吼，身體還向前傾，好讓他能聽得清清楚楚。

「我沒說要去找誰。」他說。

「有，你說了，你說這個人會以為你把他忘了。」

「什麼？」

「布魯諾！」她威脅似的說。

「妳瘋了嗎？」他問，想讓葛蕾朵覺得這一切都是她自己想像出來的，可惜他的語氣不夠有說服力，因為他不像奶奶是個天生的演員，而且葛蕾朵用力搖頭，一根手指指著他。

「你說什麼，布魯諾？」她仍然窮追不捨。「你說應該去找什麼人，是誰？告訴我！這附近根本就沒有人可以玩，有嗎？」

布魯諾苦苦思索著眼前進退兩難的處境，他們姊弟倆有一個根本的共同點：兩個都不是大人。儘管他從來沒想過要去問她，但很顯然在「奧特—喂」這裡，她也跟他一樣孤單。畢竟在柏林的時候她有希爾妲、伊莎貝和露易絲可以玩；她們雖然討厭，但起碼還是她的朋友。而在這裡，她除了那些沒有生命的洋娃娃之外，什麼朋友也沒有。誰知道葛蕾朵究竟瘋得有多厲害？搞不好她以為洋娃娃會跟她說話呢。

但是不可否認的是，舒穆爾確實是他的朋友，不是姊姊的，他可不想跟她分，所以只有一個辦法，就是說謊。

「我交了一個新朋友，」他開口了。「我每天都去看的新朋友，他現在應該在等我，可是妳不能跟別人講。」

「為什麼不能講？」

「因為他是我想像的朋友，」布魯諾說，盡力裝出尷尬的樣子，就像科特勒中尉在說出他爸爸搬到瑞士那時的表情一樣。「我們每天都在一起玩。」

葛蕾朵張開嘴，瞪著他，然後就哈哈大笑。「想像的朋友！」她大喊。「你現在還搞什麼想像的朋友不會太老了一點嗎？」

布魯諾盡量裝出羞愧又尷尬的樣子，想讓自己的謊言更可信。他在床上扭捏不安，不看葛蕾朵的眼睛，效果很不錯，讓他不由得想說不定他還是滿有演戲細胞的。他希望能臉紅，可是很困難，所以他就去想一些這些年來他做過的糗事，也不曉得會不會有用。

他想到那次他忘了鎖浴室門，結果奶奶走進來，什麼都被她看光了。他想到那次在課堂上舉手，卻把老師叫成了媽，被全班嘲笑。他想到那次在一群女生面前想要表演腳踏車特技，卻摔了下來，摔傷了膝蓋還哭了出來。

也不知是哪一件事達到了效果，反正他的臉漸漸變紅了。

「看看你，」葛蕾朵說，證實了他的努力。「你整張臉都紅了。」

「因為我不想讓妳知道。」布魯諾說。

「想像的朋友，說真的，布魯諾，你真是無可救藥。」

布魯諾微笑，因為他知道兩件事，一個是他的謊言安全過關，另一個是如果這裡有人無可救藥的話，那絕對不是他。

「走開啦，」他說。「我要看書了啦。」

「你幹嘛不躺下來，閉上眼睛，讓你想像的朋友唸給你聽？」葛蕾朵說，這下子心情變好了，因為她逮著了弟弟的小辮子，而且不會輕易放過。「幫你省了麻煩。」

「說不定我應該叫他去把妳的洋娃娃統統丟到窗戶外面去。」他說。

「你敢你就死定了！」葛蕾朵說，布魯諾知道她不是說著玩的。「喂，我問你，布魯諾，你跟這個想像的朋友都玩什麼，讓他這麼特別？」

布魯諾想了想，突然明白他真的想要談談舒穆爾，今天可能就是一個好機會，而且他還用不著讓姊姊知道真的有舒穆爾這個人。

「我們什麼話都說。」他告訴她。「我跟他說我們在柏林的家，還有別的房子、馬路、蔬菜水果攤、咖啡店，還有禮拜六下午不要到市中心去，除非你想要被人推過來擠過去的，還有卡爾、丹尼爾和馬丁，還有他們為什麼是我這輩子最好的朋友。」

「多有趣啊。」葛蕾朵譏諷地說，因為她最近剛過十三歲生日，覺得冷嘲熱諷是世故圓滑的最高表現。「那他告訴你什麼呢？」

「他告訴我他們家和他家樓下的鐘錶店，還有他來這裡之前的冒險、他以前的朋友、他在這裡認識的人，還有以前跟他一起玩的男生，可是現在他們不在一起玩了，因為他們連再見都沒說就都不見了。」

「聽起來他可真是風趣啊！」葛蕾朵說。「真可惜他不是我的想像的朋友。」

「昨天他還跟我說他爺爺有好幾天不見了，沒有人知道他去了哪裡，每次他問他爸爸，他爸就會哭，用力抱著他，他還以為會被他壓死呢。」

布魯諾說完了最後一句話，發現自己的聲音變得很小。這些話都是舒穆爾告訴他的，可是不知為何，當時他並不是很明白他的朋友有多傷心。現在換布魯諾大聲說出來，他才覺得有多可怕，當時他竟然沒有說些什麼來安慰舒穆爾，反而自顧自說些白癡的事，像什麼探險之類的。明天我會跟他說對不起，他告訴自己。

「要是爸爸知道你跟想像的朋友說話，你就要倒大楣了。」葛蕾朵說。「我看你最好趕快停止。」

「為什麼？」布魯諾問。

「因為這樣不健康，」她說。「這是發瘋的第一個徵兆。」

布魯諾點點頭。「我不覺得我能停止。」他在漫長的停頓之後說。「我不覺得我想要停。」

「不管怎麼樣，」葛蕾朵說，態度愈來愈和善，「我要是你的話就不會讓別人知道。」

「好吧，」布魯諾說，盡量裝得很難過，「妳大概說得對，妳不會說出去吧，對不對？」

她搖頭。「不會，只會跟我自己想像的朋友說。」

布魯諾倒抽一口氣。「妳也有嗎？」他問，想像姊姊在圍籬的一邊跟某個和她同年齡的女生說話，兩人在一起冷嘲熱諷好幾個小時。

「沒有。」她笑著說。「我十三歲了，幫幫忙！你可以像個小孩子，我可不行。」

說完她就一蹦一跳地出了房間，布魯諾能聽見她在對面房間裡跟洋娃娃說話，責罵她們趁著她一轉身就把房間弄得亂七八糟的，她現在只好把她們重新排列一次了，難道她們以為她成天沒別的事好做嗎？

「真是煩！」她大聲說，說完才開始動手。

布魯諾想繼續看書，可是他已經沒有了看書的興致，只是瞪著雨，心裡在想不知道舒穆爾（無論他現在在哪裡）是不是也想著他，也跟他一樣想念他們的談話。

Chapter

15

他不該做的事

Something

He Shouldn't Have Done

雨斷斷續續下了幾個禮拜，布魯諾和舒穆爾不能依他們的意思時常見面。當他們見面時，布魯諾發現他愈來愈擔心朋友了，因為他似乎一天比一天瘦，臉色也愈來愈灰。他去找舒穆爾的時候，偶爾會多帶一點麵包和乳酪，他也不時想辦法藏一塊巧克力蛋糕在口袋裡。可是兩個男孩的會面地點距離房子很遠，布魯諾常常走著走著就肚子餓，便拿出蛋糕來吃，而且咬了一口就會再咬第二口、第三口，等他發覺的時候，蛋糕只剩下一口了。他知道不能只給舒穆爾一口吃，因為那只會讓他更餓。

爸爸的生日快到了，雖然他說不想大張旗鼓，但媽媽還是安排了宴會，邀請駐守在「奧特—喂」的所有軍官，而為了準備弄得雞飛狗跳。每次她坐下來擬定更多的宴會計畫，科特勒中尉都會留下來幫她，兩個人似乎擬出了比實際需要還要多很多的清單。

布魯諾也決定擬一張自己的清單，列明他為什麼不喜歡科特勒中尉的每一個理由。

頭一點就是他從來不笑，而且總是一副想找人麻煩的死德行。

在很稀罕的幾次和布魯諾說話的場合中，他總叫他「小不點」，聽著就教人不舒服，因為就跟媽媽說的一樣，他只是還沒到往上竄的年紀而已。

當然不能忘記他老是和媽媽在客廳裡，跟她開玩笑，而且媽媽聽他說笑話笑得比聽爸爸說笑話笑的次數還要多。

有一次布魯諾正從臥室窗戶盯著營地，看見一條狗接近圍籬，大聲吠叫，科特勒中尉聽到之後就大步走過去，射殺了狗。再來就是只要有他在場，葛蕾朵就會那副白癡的樣子。

而且布魯諾至今沒忘記那個事實上是醫生的服務生佩佛，還有那天晚上年輕的中尉有多麼生氣。

還有，每次只要爸爸被叫到柏林去，在那兒過夜，中尉就會在屋子裡晃，好像他是老大。布魯諾上床睡覺時他在屋子裡，第二天早上他都還沒起床，中尉就又來了。

布魯諾不喜歡科特勒中尉的理由還有很多，但這些是他最先想到的。

生日宴會的前一天下午，布魯諾在房間裡，開著門，他聽見了科特勒中尉進了屋子，跟某個人說話，不過他沒聽見有人回話。幾分鐘之後，他下樓去，聽見媽媽在指示該做些什麼事，而科特勒中尉說：「放心吧，這傢伙知道他的麵包是哪一邊抹了奶油。」說完他還笑得很陰險。

布魯諾朝客廳走，手上拿著爸爸給他的新書，書名是《金銀島》，他打算坐在客廳看一、兩個小時的書，可是一穿過走廊，就撞上了剛從廚房出來的科特勒中尉。

「哈囉，小不點。」中尉說，像往常一樣對他冷笑。

「哈囉。」布魯諾說，皺著眉頭。

「你在幹什麼？」

布魯諾瞪著他，又想出七個不喜歡他的理由。「我要進去看書。」他說，指著客廳。

科特勒一句話也沒說，一把就搶走了布魯諾手上的書，翻了起來。「《金銀島》，」他說，「是什麼故事啊？」

「是有一座島，」布魯諾說得很慢，好讓這個阿兵哥能跟得上。「島上有寶藏。」

「猜也猜得到。」科特勒說，看著布魯諾，好像是在想如果這不是司令官的兒子，而是他自己的兒子，那他就要對他怎樣怎樣。「說點我不知道的。」

「裡面有海盜，」布魯諾說，「叫做『高個兒』約翰．西爾弗，還有一個男孩叫吉姆．霍金斯。」

「英國男孩？」科特勒問。

「對。」布魯諾說。

「無聊。」科特勒不高興地嘀咕。

布魯諾瞪著他，不知道他什麼時候才要把書還來。他對這本書並沒有特別感興趣，可是布魯諾伸手去討，他卻把書拿開。

「抱歉。」他說，把書遞過來，可是一等布魯諾伸手去拿，他又往回抽。「哦，真是對不起。」他又說一次，再把書遞給他，這一次布魯諾動作超快，趁他縮手以前就把書搶回來了。

「喲，你的動作很快嘛。」科特勒中尉咬著牙嘟囔。

布魯諾想從他前面擠過去，可是不知道為了什麼，科特勒中尉今天似乎非和他說話不可。

「我們都為宴會準備好了吧？」他問。

「我知道我是，」布魯諾說，最近他常和葛蕾朵在一起，也學會了冷嘲熱諷。「你是不是，我就不知道了。」

「會有很多人來，」科特勒中尉說，呼吸很沉重，左顧右盼，儼然這裡是他的家，不是布魯諾的。「我們會表現得循規蹈矩是吧？」

「我會，」布魯諾說。「你會不會，我就不知道了。」

「你這傢伙小是小，話還真多啊。」科特勒中尉說。

布魯諾瞇起了眼睛，恨不得自己高一點、壯一點、大上個八歲。他的體內有一團憤怒的火球爆炸了，他巴不得能說出他真正想說的話。他認為爸媽要他做什麼是一回事——這是完全合理而且是預料之中的——可是讓別人來告訴他該怎麼樣，那可就完完全全是另一回事了，就算是某個頂著像是「中尉」的神氣頭銜的人也不行。

「喔，庫特，親愛的，你還在這裡。」媽媽說，從廚房裡出來，朝他們過來。「我現在空下來了，如果——喔！」她說，注意到布魯諾站在一旁。「布魯諾！你在這裡做什麼？」

「我要到客廳去看書，」布魯諾說。「至少我是想要去看書。」

「現在先到廚房一下，」她說。「我要和科特勒中尉說句話。」

他們兩人一起進入客廳，科特勒中尉當著布魯諾的面關上了門。

怒氣在心中沸騰，布魯諾走進廚房裡，卻撞上了這輩子最大的一個意外。坐在桌前，大老遠從圍籬那邊過來的人居然是舒穆爾，布魯諾真不敢相信自己的眼睛。

「舒穆爾！」他說。「你怎麼會來這裡？」

舒穆爾抬起頭，看見是朋友站在那裡，嚇壞的臉上綻開大大的笑容。「布魯諾！」他說。

「你怎麼會來這裡？」布魯諾再問一次，因為雖然他還是不太明白圍籬那邊到底是怎麼回事，卻總覺得那邊的人不應該到他家裡來。

「他帶我來的。」舒穆爾說。

「他？」布魯諾問。「不會是科特勒中尉吧？」

「對，他說這裡有工作讓我做。」

布魯諾低頭，看見廚房的桌上擺了六十四只小玻璃杯，媽媽都拿那些玻璃杯來喝她治病用的雪莉酒。杯子旁邊還有一碗溫肥皂水、一大堆餐巾紙。

「你到底在做什麼？」布魯諾問。

「他們要我把玻璃杯擦亮，」舒穆爾說。「他們說需要手指小的人。」

彷彿是為了證實布魯諾早已知道的事，舒穆爾伸出手，布魯諾不禁注意到他的手真像是有一天上人體解剖課時，李斯特先生帶來上課的假骷髏手。

「我都沒注意到。」他用難以置信的語氣說，幾乎是自言自語。

「沒注意什麼？」舒穆爾問。

布魯諾沒有回答，只是伸出手，兩人的中指幾乎相觸。「我們的手，」他說。

「很不一樣，看！」

兩個男孩同時低頭看，兩人的差異也顯而易見。雖然以布魯諾的年紀來說，他長得很矮小，而且當然也不胖，但他的手看起來卻健健康康的，充滿了生氣，皮膚上看不見血管，指頭也不像枯死的樹枝。舒穆爾的手卻是另一回事了。

「怎麼會這樣？」他問。

「我也不知道，」舒穆爾說。「我以前跟你的手很像，可是我沒注意到變了，我那邊的人每一個都是這樣。」

布魯諾皺眉頭，想著那些穿條紋睡衣的人，不曉得「奧特—喂」這裡究竟是怎麼回事，也懷疑讓大家看起來這麼不健康，難道不是個很糟糕的主意嗎？這許多事他都想不通。布魯諾不想再看舒穆爾的手，於是轉過身去，打開了冰箱，看裡面有什麼可以吃的。有午餐剩下來的半隻雞，布魯諾開心得眼睛亮了起來，因為很少有東西比得上塞了洋蔥和洋蘇草的冷雞肉更讓他吃得津津有味的了。他從抽屜拿了一把刀，切了厚厚幾片，還沾了很多填料，然後才轉身面對朋友。

「我真高興你在這裡。」他說，嘴巴塞得滿滿的。「要不是你得擦玻璃杯，我就可以帶你到我的房間去了。」

「他叫我坐在椅子上不准動，否則我就要小心了。」

「我才不甩他呢。」布魯諾說，想要裝得比較勇敢。「這裡不是他家，是我家，爸爸不在的時候我是老大。你能相信他連《金銀島》都沒看過嗎？」

舒穆爾的樣子好像根本沒在聽，他的眼睛盯著布魯諾漫不經心往嘴裡塞的雞肉。過了一會兒，布魯諾才發現他在看什麼，立刻覺得很慚愧。

「對不起，舒穆爾，」他趕緊說。「我應該給你幾片才對，你餓嗎？」

「這個問題永遠都不需要問我。」舒穆爾說，他雖然沒見過葛蕾朵，倒是也懂得冷嘲熱諷。

「等等，我幫你切幾片。」布魯諾說，打開冰箱，又切了三片厚厚的雞肉。

「不行，萬一他回來——」舒穆爾說，快速搖著頭，來來回回看著門。

「萬一誰回來？你不會是在說科特勒中尉吧？」

「我應該要清理這些杯子。」他說，絕望地看著面前那碗水，又看著布魯諾遞給他的雞肉片。

「他不會在乎的。」布魯諾說，被舒穆爾的焦急反應給弄糊塗了。「只不過是吃的東西。」

「我不能，」舒穆爾說，拚命搖頭，看起來要哭了。「他會回來，我知道他會。」他接著說，句子愈說愈快。「我應該在你一給我的時候就吃的，現在太晚了，要是我拿了，他就會進來，然後——」

「舒穆爾！拿去！」布魯諾說，跨步向前，把雞肉片放在朋友的手上。「快點吃，還有一大堆留著給我們喝下午茶，你用不著擔心。」

舒穆爾瞪著手上的食物一會兒，接著他抬起瞪得圓圓的眼睛，用感激卻嚇壞了的眼神看著布魯諾。他又偷瞄了門口一下，似乎是下定了決心，因為他把三片雞肉塞進嘴裡，短短二十秒鐘就吞了下去。

「哎呀，你不用吃得這麼急啊，」布魯諾說。「你這樣會生病的。」

「我不在乎。」舒穆爾說，露出淡淡的微笑。「謝謝你，布魯諾。」

布魯諾也回他一笑，正要再給他更多的食物，可是就在這時候科特勒中尉又出現在廚房，一看見兩個男孩在說話就停了下來。布魯諾瞪著他，感到氣氛變得很沉重，察覺到舒穆爾的肩膀下垂，伸手去拿另一個玻璃杯，開始擦拭。科特勒中尉不理會布魯諾，大步走到舒穆爾面前，生氣地瞪著他。

「你在做什麼？」他大喊。「我不是叫你擦玻璃杯嗎？」

舒穆爾立刻點頭，開始微微發抖，拿起另一張餐巾紙浸入水中。

「誰准你在這棟屋子裡說話的？」科特勒繼續喊。「你敢不聽我的話？」

「不，長官。」舒穆爾小聲說。「對不起，長官。」

他抬頭看著科特勒中尉。中尉皺眉，稍微向前傾，歪著腦袋，彷彿在檢查男孩的臉。「你吃東西了嗎？」他用很輕的聲音問，好像是連他自己也不敢相信。

舒穆爾搖頭。

「你吃了。」科特勒中尉一口咬定。「你是不是從冰箱偷東西了？」

舒穆爾張開嘴，又閉了起來。等一會兒他又張開嘴，想找什麼話說，卻什麼也想不起來。他轉頭看布魯諾，用眼神懇求他幫忙。

「回答我！」科特勒中尉大吼。「你是不是從冰箱偷東西了？」

「沒有，長官，是他給我的。」舒穆爾說，淚水在眼眶裡滾來滾去，側頭朝布魯諾瞧了一眼。「他是我的朋友。」他又加上一句。

「你的……？」科特勒中尉說，迷惑地看著布魯諾，猶豫了一下。「你是什麼意思，說他是你的朋友？」他問。「你認識這個男孩嗎，布魯諾？」

布魯諾張開了嘴，想要記起說「是」的時候嘴巴是怎麼動的。他從來就沒見過有誰像舒穆爾現在一樣嚇得那麼厲害的，他想要說正確的話讓情況好轉，可是他忽然明白他做不到，因為他也一樣害怕。

「你認識這個男孩嗎？」科特勒更大聲地再問一次。「你是不是一直在跟囚犯講話？」

「我……我進來就看見他在這裡了。」布魯諾說。「他在擦杯子。」

「這不是我問你的問題。」科特勒說。「你以前見過他嗎？跟他說過話？他為什麼說你是他的朋友？」

布魯諾巴不得能夠逃跑，他恨透了科特勒中尉，可是他正步步朝他逼近，而布魯諾滿腦子只想到那天下午他射殺了一條狗，還有那天晚上佩佛惹火了他，結果他——

「告訴我，布魯諾！」科特勒大吼，臉色愈來愈紅。「我不會問第三次。」

「我沒有跟他講過話，」布魯諾立刻說。「我這輩子沒見過他，我不認識他。」

科特勒中尉點頭，似乎對這回答很滿意。他慢吞吞地轉回頭去看舒穆爾，舒穆爾現在不哭了，只是瞪著地板，彷彿是想要說服自己的靈魂不要繼續住在他小小的軀體裡，立刻離開，溜到門口，飄浮到天空去，在雲間滑行，一直飄到非常遙遠的地方為止。

「你把這些杯子都擦乾淨。」科特勒中尉用非常輕的語氣說，輕到布魯諾差點沒聽見。他的怒火好像一瞬間都轉變成別的東西了；倒不是相反的東西，而是出人意外、恐怖至極的東西。「然後我會回來帶你，帶你回營區，到時我們再來討論偷東西的男孩會有什麼下場，聽懂了嗎？」

舒穆爾點頭，拿起另一張餐巾紙，開始擦拭另一只玻璃杯。布魯諾看著他的手指在發抖，知道他很害怕會打破杯子。他的心往下沉，雖然想要轉頭不看，但就是沒有辦法。

「來吧，小不點。」科特勒中尉說，朝布魯諾走來，一隻不友善的手放在他肩膀上。「你到客廳去看你的書，讓這個小——做完他的工作。」他說了差遣佩佛去找輪胎的時候同樣的一句話。

布魯諾點頭，轉身離開了廚房，不敢回頭看。他的肚子裡好像在翻觔斗，有一會兒他以為自已要生病了。他這輩子從沒有這麼可恥過，他從來就不知道自己可以那麼殘忍。他不禁懷疑一個自認為是好人的男孩子怎麼可能會對朋友做出那麼懦弱的事情來？他在客廳坐了幾個小時，卻根本不能專心看書，也不敢回廚房裡，一直到晚上科特勒中尉回來把舒穆爾帶走了。

往後每天下午，布魯諾都會回到他們碰面的圍籬那邊，但總是不見舒穆爾的蹤影。在過了將近一個禮拜之後，他深信他的所作所為太過可怕，永遠都不會獲得原諒了，可是到了第七天，他很高興看到舒穆爾在等他，像往常一樣盤腿坐在地上，瞪著腳下的泥土。

「舒穆爾！」他喊，朝舒穆爾跑去，坐了下來，幾乎要因為放心和後悔而哭了出來。「真的對不起，舒穆爾，我不知道我為什麼會那麼做，請你說你會原諒我。」

「沒關係。」舒穆爾說，抬起頭來。他的臉上有很多處瘀青，布魯諾縮了一下，有一會兒忘了自己是在道歉。

「你怎麼了？」他問，但是又不等他回答。「是不是你的腳踏車？因為幾年前在柏林我也摔過一次，我騎得太快，結果摔了下來，好幾個禮拜都是青一塊黑一塊的。很痛嗎？」

「看起來好像很痛。」

「我現在沒感覺了。」舒穆爾說。

「我現在什麼感覺也沒有了。」舒穆爾說。

「上個禮拜的事我很抱歉，」布魯諾說。「我討厭那個科特勒中尉，他以為自己是老大，其實他才不是。」他遲疑了一下，不想要偏離掉主題，他覺得應該再說最後一次，而且是真心誠意地說。「我不相信我沒有跟他說實話，我以前從來沒有這樣出賣過朋友，舒穆爾，我很慚愧。」

他說出這番話時，舒穆爾微笑點頭，布魯諾知道他已經獲得了原諒，接著舒穆爾做出了從來沒做過的事，他把圍籬底部抬起來，就像每次布魯諾給他帶食物來一樣，不過這一次他伸出手，停在那裡，等著布魯諾也照做，然後兩個男孩互相握手，朝彼此微笑。

這是他們第一次碰觸彼此。

Chapter

16

剪頭髮

The Haircut

距離布魯諾回家來發現瑪麗亞在收拾他的東西已經將近一年了，柏林生活的記憶也幾乎都磨滅了。每次回想，他都只能記得卡爾和馬丁是他這輩子最好的三個朋友中的兩個，但是無論如何認真地回想，他都想不起來誰是第三個。後來發生了某件事，他有兩天的時間可以離開「奧特—喂」，回到老家去：奶奶過世了，全家人必須回去參加葬禮。

回到柏林後，布魯諾才明白他並不像搬走的時候那麼小了，因為現在他可以看到以前看不到的地方。他們住在舊家，布魯諾可以不用踮腳就從閣樓的窗戶俯瞰整個柏林了。

布魯諾自從離開柏林後就沒有見過奶奶，但他每天都會想起她。他記得最清楚的事情是奶奶、他和葛蕾朵在聖誕節與生日的表演，以及無論他扮演什麼角色，奶奶總是有最合適的戲服給他穿。一想到祖孫三人再也沒有機會一起表演了，他心裡就難過得不得了。

他們在柏林住的兩天也是悲傷的兩天，葬禮上，布魯諾、葛蕾朵、爸爸、媽媽和爺爺坐在前排，爸爸穿著他最神氣的制服，漿挺平整有裝飾的那一套。爸爸尤其傷心，媽媽告訴布魯諾是因為他和奶奶吵過架，在她過世前都沒有和好。

教堂裡送來了許多花圈，爸爸很驕傲其中一個花圈是「炎首」送的，可是媽媽知道後說奶奶要是知道這個花圈，一定會氣得在墳墓裡也睡不安穩。

回到「奧特—喂」後，布魯諾甚至覺得有點開心。現在這棟房子變成了他的家，他不再在乎這裡只有三層樓而不是五層樓，也不再介意阿兵哥來來去去，好像把這裡當成他們自己的家似的。他漸漸明白這裡畢竟不算太糟，尤其是在他認識了舒穆爾之後。他知道有許多值得高興的地方，比方說爸媽現在好像心情都很好，也不用睡那麼多的午覺，喝那麼多治病用的雪莉酒了。而且葛蕾朵正在經歷某個階段——這是媽媽的說法——總是與他保持距離。

另外還有一件事，科特勒中尉被調走了，不在這裡惹布魯諾生氣或難過了（他走得很突然，爸爸和媽媽為了這件事半夜三更大吼大叫。可是他走了，這點不用懷疑，而且他不會回來了。葛蕾朵傷心得誰也勸不了她）。還有一件值得高興的事：再也不會有人叫他「小不點」了。

但是，最好的事情是他有了一個叫舒穆爾的朋友。

他愛極了每天下午沿著圍籬散步，很開心看見他的朋友最近心情似乎好了一些，眼睛也沒那麼凹陷，只不過還是瘦得不可思議，臉色也灰得很難看。

有一天，兩人又在老地方相對而坐，布魯諾說出他的感想：「你是我交過最奇怪的朋友了。」

「為什麼？」舒穆爾問。

「因為以前跟我交朋友的男生都是可以跟我玩的。」他答。「可是我們從來沒有一起玩過，我們只是坐在這裡說話。」

「我喜歡坐在這裡說話。」舒穆爾說。

「啊，我當然也喜歡。」布魯諾說。「可是，真可惜我們不能偶爾一起做點什麼更刺激的事，像是稍微探險一下啦，或是踢個足球啦。我們甚至每次見面都有這些鐵絲網擋著。」

布魯諾經常會發表這類的感想，因為他想要假裝幾個月前他否認和舒穆爾是朋友的那件事沒有發生過。這件事至今仍縈繞在他心頭，讓他瞧不起自己，雖然舒穆爾似乎已經把這件事情忘了。

「也許將來有一天可以，」舒穆爾說。「要是他們放我們出來的話。」

布魯諾對圍籬兩邊的事以及豎立圍籬的理由思索得愈來愈多了，他考慮要找爸爸或媽媽談，可是卻疑心他們不是會氣他提出這件事，就是會說些對舒穆爾和他家人不好的話來，所以他反而做了平常不會做的舉動——他決定去找「討厭鬼」說。

葛蕾朵的房間自從他上次進來之後改變得相當多，比方說一個洋娃娃也看不見了。大概是一個月前的一天下午，在科特勒中尉離開「奧特—喂」的前後，葛蕾朵決定她不再喜歡洋娃娃了，就把洋娃娃裝進四個大袋子裡丟掉了。原本放洋娃娃的地方掛上了爸爸給她的歐洲地圖，她每天都會在地圖上插圖釘，每天看過報紙後又移動圖釘。布魯諾覺得葛蕾朵可能是要發瘋了，不過她不像從前那麼愛欺負他，所以他覺得跟她說應該不會有什麼要緊。

「哈囉。」他說，有禮貌地先敲了門，因為他知道要是直接進去她會有多生氣。

「你要幹嘛？」葛蕾朵問，她正坐在梳妝台前，拿頭髮做實驗。

「沒幹嘛。」布魯諾說。

「那就走開。」

布魯諾點頭，可是卻往裡走，在床上坐了下來。葛蕾朵用眼角看他，卻沒說話。

「葛蕾朵，」他終於開口了，「我可以問妳一件事嗎？」

「只要長話短說。」她說。

「『奧特—喂』這裡的一切——」他開口說，可是她立刻打斷了他。

「這裡不叫『奧特—喂』，布魯諾。」她生氣地說，像這是有史以來人類犯過最大的一個錯誤似的。「你為什麼老是口齒不清？」

「這裡是叫做『奧特—喂』啊。」他抗議。

「不是。」她也不甘示弱，為他把這裡的名稱清楚地唸了一遍。

布魯諾皺起了眉頭，同時又聳聳肩。「我就是那樣唸的啊。」他說。

「才不是。算了，我不想為這個跟你吵。」葛蕾朵說，早已失去了耐心，因為她這個人根本就沒有多少耐心。「你到底要問什麼？你想知道什麼？」

「我想知道圍籬的事。」他堅定地說，決定這是最重要的問題。「我要知道為什麼有圍籬。」

葛蕾朵從椅子上轉過來，好奇地看著他。「你是說你不知道？」她問。

「對。」布魯諾說。「我不懂我們為什麼不能過去那邊。我們到底有哪裡不對，為什麼不能過去玩？」

葛蕾朵瞪著他，突然笑了起來，一直到她看見布魯諾是完全認真的，她才停下來。

「布魯諾，」她用很幼稚的聲音說，好像這是世界上最明顯不過的事了，「圍籬不是為了要阻止我們過去才蓋的，是要阻止他們過來這裡。」

布魯諾想了想，卻還是想不通。「為什麼？」他問。

「因為必須把他們全都放在一起。」葛蕾朵解釋。

「妳是說跟他們的家人嗎？」

葛蕾朵嘆氣，搖搖頭。「是跟其他的猶太人，布魯諾。你難道不知道嗎？所以才要把他們全都關在一起啊，他們不能跟我們混在一起。」

「猶太人。」布魯諾說，小心翼翼地說著這三個字，他還滿喜歡這三個字的發音。「猶太人。」他再說一次。「圍籬那邊的人全都是猶太人。」

「對，沒錯。」葛蕾朵說。

「我們是猶太人嗎？」

葛蕾朵的嘴巴張得好大，像是被人摑了一耳光似的。「不是，布魯諾。」她說。「不，我們當然不是，而且你根本就不該這麼說。」

「為什麼不應該？那我們是什麼人？」

「我們……」葛蕾朵開口要說話，卻不得不停下來思考。「我們是……」她又說一遍，可是她也不太肯定這問題該如何回答。「反正我們不是猶太人。」她終於說。

「我知道我們不是。」布魯諾氣惱地說。「我是在問妳，既然我們不是猶太人，那我們是什麼人？」

「我們是相反的人。」葛蕾朵說，回答得很快，聽起來似乎對這答案很滿意。

「對了，就是這樣，我們是相反的人。」

「好吧。」布魯諾說，很高興這個問題終於解決了。「相反的人住在圍籬的這邊，猶太人住另一邊。」

「沒錯，布魯諾。」

「那猶太人不喜歡相反的人囉？」

「不對，是我們不喜歡他們，笨蛋。」

布魯諾皺起了眉頭。葛蕾朵一而再、再而三地被訓誡不可以罵他笨蛋，可是她就是不聽。

「那我們為什麼不喜歡他們？」他問。

「因為他們是猶太人。」葛蕾朵說。

「我懂了，相反的人跟猶太人合不來。」

「不對，布魯諾。」葛蕾朵說，可是說得很慢，因為她發現頭髮裡有奇怪的東西，正在小心地檢查。

「難道不能有個人來讓他們在一起，然後——」

布魯諾的話被葛蕾朵的聲音打斷了，這聲音拔高成了刺耳的尖叫聲，把媽媽從午睡中驚醒，她跑出了臥室，去查明她的哪一個孩子殺了另一個孩子。

拿頭髮做實驗的時候，葛蕾朵在頭髮裡找到了一個蛋，沒比大頭釘大多少。她指給媽媽看，媽媽迅速撥開她的頭髮檢查，然後大步走向布魯諾，也同樣檢查他的頭髮。

「喔，我真不敢相信！」媽媽憤怒地說。「我就知道在這種地方早晚會發生這種事。」

結果是葛蕾朵和布魯諾的頭髮裡都有頭蝨，葛蕾朵還得用特製的洗髮精來洗頭，味道可怕死了，之後她坐在房間裡好幾個小時，哭得眼睛都快瞎了。

布魯諾也得用那種洗髮精洗頭，但是後來爸爸決定最好是讓他來個全新的開始，所以他找了一把剃刀，剃光了布魯諾的頭髮，因為這樣布魯諾哭了。剃頭髮沒花多少時間，他恨透了看著頭髮從他頭上飄下來，落在他的腳邊，可是爸爸說非剃不可。

剃完後布魯諾到浴室去照鏡子，覺得好噁心。少了頭髮，他整個頭好像變形了，眼睛顯得太大，連他自己看到鏡中的自己都差點嚇到。

「別擔心。」爸爸安慰他。「很快就長回來了，只要幾個禮拜。」

「都怪這地方藏污納垢。」媽媽說。「可惜某人就是看不清這地方對我們大家造成的影響。」

看著鏡中的自己，布魯諾忍不住想他現在和舒穆爾有多相像，他也不由得猜想圍籬那邊的人是不是也都有頭蝨，所以他們才會每一個都剃光頭。

隔天去和朋友見面，舒穆爾一見布魯諾的樣子就哈哈笑，這對他搖搖欲墜的自信心實在沒有多少好處。

「我現在跟你一樣了。」布魯諾難過地說，彷彿承認這一點是很難為情的事。

「只不過比較胖。」舒穆爾說。

Chapter

17

媽媽如願以償

Mother Gets Her Own Way

接下來的幾週，媽媽似乎對「奧特—喂」這裡的生活是愈來愈不滿意了，而布魯諾完全能夠了解可能的原因是什麼。畢竟剛搬來的時候，他也很討厭這裡，因為這裡一點也不像家，也少了三個這輩子最要好的死黨。但是隨著時間流逝，這一點已經改變了，大半的原因是因為舒穆爾，他已經變得比卡爾、丹尼爾和馬丁都還要重要了。可是媽媽並沒有她的舒穆爾，她沒有人可以講話，而唯一一個跟她還算得上是朋友的人——年輕的科特勒中尉——又被調到別的地方去了。

雖然布魯諾盡量不想變成那種貼著鑰匙孔或是從煙囪口偷聽的男生，但是有一天他經過爸爸的辦公室，卻聽到爸媽在裡面說話。他沒有意思要偷聽，可是他們的聲音很大，就算他不想偷聽也會聽見。

「太可怕了，」媽媽說。「可怕極了，我再也受不了了。」

「我們別無選擇。」爸爸說。「這是我們的任務，而且——」

「不，這是你的任務，」媽媽說。「你一個人的，不是我們的。你愛留下就自己一個人留下。」

「那別人會怎麼想？」爸爸說。「要是我讓妳帶著孩子回到柏林，我自己一個人留下？他們會懷疑我對這份工作的態度。」

「工作？」媽媽大吼。「你說這叫做工作？」

布魯諾就只聽到這麼多，因為聲音愈來愈接近門口，媽媽隨時都可能會衝出來去找治病用的雪莉酒，所以他趕緊一溜煙跑上樓去。不過根據他聽見的內容，他知道他們有機會搬回柏林，教他驚訝的是，他竟然不知道該作何感想。

有一部分的他仍記得他深愛住在柏林的時光，可是現在也一定有很多事情都變了。卡爾和另外兩個他記不得名字的死黨可能已經把他給忘了，奶奶也過世了，而且他們也幾乎沒有爺爺的消息，爸爸只說爺爺老了。

另一方面，他已經習慣了「奧特—喂」這裡的生活了：他不介意李斯特先生；他跟瑪麗亞也比在柏林的時候親近；葛蕾朵仍然是在經歷某個階段，與他保持距離（而且她現在比較不那麼像討厭鬼了）；而且下午和舒穆爾的聊天也讓他充滿了快樂。

布魯諾不知道該作何感想，只是決定無論結果如何，他都會毫無怨言地接受。

接下來幾週什麼也沒變，生活一如往常。爸爸不是待在辦公室裡，就是待在圍籬的那一邊。媽媽白天的時候非常沉默，可是午覺睡得愈來愈多，有時候還不是下午睡，而是在午餐之前，布魯諾很擔心她的健康，因為他沒見過有哪個人需要那麼多治病用的雪莉酒。葛蕾朵待在房間裡，整天在弄她貼在牆上的地圖，研究報紙好幾個小時，再把地圖上的圖釘到處插（李斯特先生對這一點尤其滿意）。

布魯諾則循規蹈矩，沒有製造任何麻煩，而且他私底下很得意他有個別人都不知道的秘密朋友。

後來有一天，爸爸把布魯諾和葛蕾朵叫到辦公室裡，通知他們即將到來的改變。

「坐下來，孩子們。」他說，指著那張大皮椅，通常他們在進入爸爸辦公室後都被告誡不可以坐這兩張椅子，因為他們的手髒兮兮的。爸爸在辦公桌後坐下。「我們決定要做點新的改變。」他接著說，說話的神情略帶著難過。「告訴我，你們在這裡快樂嗎？」

「當然快樂啊，爸爸。」葛蕾朵說。

「是啊，爸爸。」布魯諾說。

「你們一點也不想念柏林嗎？」

兩個孩子頓了頓，彼此互望一眼，不知道哪一個要回答。「呃，我是很想念啦，」葛蕾朵終於說。「我是不介意再有一些朋友的。」

布魯諾微笑，想到了他的秘密。

「朋友。」爸爸說，點點頭。「對，我常想到這點，你們兩個有時候一定很寂寞。」

「非常寂寞。」葛蕾朵用果斷的聲音說。

「那你呢，布魯諾，」爸爸問，轉頭看著他。「你想念你的朋友嗎？」

「想啊，」他回答，小心衡量他的答覆。「可是我覺得不管我到哪裡都一定會想念什麼人的。」這是在拐彎抹角地說舒穆爾，他不想說得更明確了。

「可是你們願意搬回柏林嗎？」爸爸問。「如果有機會的話？」

「我們大家？」布魯諾問。

爸爸重重嘆了口氣，搖搖頭。「是媽媽、葛蕾朵和你，搬回我們在柏林的舊家，你們願意嗎？」

布魯諾想了一下。「要是你不搬，那我也不想搬。」他說，而且說的確實是實話。

「那麼你寧願留下來跟我住了？」

「我寧願我們四個人都住在一起。」他說，不太情願地把葛蕾朵也算進去。

「不管是柏林還是『奧特—喂』。」

「喔！布魯諾。」葛蕾朵用惱怒的聲音說，他不知道是因為他可能破壞了他們回到柏林的希望，還是因為（根據她的說法）他仍然沒把這地方的名字唸對。

「唉，恐怕目前是不可能的，」爸爸說。「恐怕『炎首』還不會解除我的職務。但是，媽媽卻認為現在正適合讓你們三個人回去住，我仔細考慮過……」他打住不說，轉頭看左邊的窗外——這扇窗會看見圍籬另一邊的營區。「我仔細考慮過，也許她說得對，也許這個地方確實不適合孩子。」

「這裡有好幾百個小孩子。」布魯諾說，話出口之前並沒有認真想過。「只不過他們是在圍籬的另一邊。」

這句話引起了一陣沉默，但不是普通的沉默，不是那種大家都不講話的時候就會安靜下來的情況，而是一種非常嘈雜的沉默。爸爸和葛蕾朵瞪著他，而他則詫異地直眨眼。

「你說那邊有幾百個小孩子是什麼意思？」爸爸問。「那邊的事你知道多少？」

布魯諾張口想說話，卻擔心透露太多會惹上麻煩。「我從房間窗戶就看得到。」他最後說。「距離當然是很遠，可是看起來有幾百個，全都穿著條紋睡衣。」

「條紋睡衣，對。」爸爸說，點點頭。「而你一直在觀察他們，是不是？」

「呃，我看過他們，」布魯諾說。「我不知道這樣算不算觀察。」

爸爸微笑。「很好，布魯諾，」他說。「你說得對，看過和觀察並不一樣。」

他又猶豫了一下，隨即點頭，彷彿是做了最後的決定。

「對，她說得對，」他說，大聲說出口，但既不看葛蕾朵也不看布魯諾。「她說得一點也沒錯，你們住在這裡夠久了，該讓你們回家了。」

於是就這麼定案了。命令已經先傳達了過去，柏林的房子必須要清掃，窗戶要洗，樓梯欄杆要擦亮，床單要熨燙，床鋪要整理，而且爸爸宣佈，媽媽、葛蕾朵和布魯諾會在一個禮拜之內搬回柏林。

布魯諾發現他對於搬回家的事並沒有想像中來得期待，而且他怕極了必須告訴舒穆爾這消息。

Chapter

18

最後一次歷險

Thinking Up the Final Adventure

爸爸告訴布魯諾他很快就會搬回柏林的第二天，舒穆爾並沒有在圍籬邊等他，第三天他仍然沒有出現，第四天布魯諾走到他們的會面地點時，仍然沒看到有人盤腿坐在地上。他等了十分鐘，正要轉身回家，心頭非常沉重，唯恐沒辦法在離開「奧特—喂」之前和朋友再見一面。正擔憂著，遠處就出現了一個小點，慢慢擴大成一塊斑點，再變成一道人影，最後變成了穿著條紋睡衣的男孩。

布魯諾看見那道人影朝他過來，他露出微笑，在地上坐了下來，從口袋裡拿出了他偷來給舒穆爾的麵包和蘋果。可是即使隔著一段距離，他也能看出朋友比平常更加不快樂，走到圍籬邊之後，他也不像平常一樣焦急地伸手要食物。

「我還以為你不來了呢。」布魯諾說。「我昨天來了，前天也有來，可是都沒有看見你。」

「對不起。」舒穆爾說。「有點事情。」

布魯諾看著他，瞇起了眼睛，想要猜出是什麼事。他猜舒穆爾是不是聽說了他要搬回家；畢竟巧合是難免的，就像布魯諾和舒穆爾同年同月同日生一樣。

「喂，」布魯諾問，「是什麼事情啊？」

「爸爸，」舒穆爾說。「我們找不到他。」

「找不到他？太奇怪了，你是說他迷路了？」

「可能是，」舒穆爾說。「他禮拜一還在，後來他跟別人去工作，結果全都沒回來。」

「他沒留封信給你嗎？」布魯諾問。「或是留張紙條說他什麼時候會回來？」

「沒有。」舒穆爾說。

「太奇怪了。」布魯諾說。「你去找過他嗎？」過了一會兒他又問。

「唉！當然找過啊。」舒穆爾嘆著氣說。「我做了你老是在說的事，我去探險了。」

「可是什麼也沒找到？」

「對。」

「這可真是奇怪了，」布魯諾說。「可是我覺得一定有一個很簡單的解釋。」

「什麼解釋？」舒穆爾問。

「我猜他們是被帶到了另一個鎮上去工作，要在那邊住幾天，一直到工作做完。再說這邊的郵局也不是很好，我看他很快就會回來了。」

「希望是這樣，」舒穆爾說，他看起來快哭出來了。「我不知道沒有爸爸我們該怎麼辦？」

「你要的話，我可以問問我爸爸。」布魯諾小心翼翼地說，希望舒穆爾可不要說好。

「我覺得這不是個好主意。」舒穆爾說，讓布魯諾失望的是這不是明明白白的拒絕。

「為什麼？」他問。「我爸爸對圍籬那邊的事知道得很多呢。」

「我覺得阿兵哥不喜歡我們。」舒穆爾說。「哈，」他擠出很接近笑聲的聲音，「我知道他們不喜歡我們，他們恨死我們了。」

布魯諾驚訝地向後坐。「我相信他們並不恨你們。」他說。

「他們就是。」舒穆爾說，身體向前傾，瞇起了眼睛，嘴唇憤怒得微微往上翹。「不過沒關係，因為我也恨他們，我恨他們。」他很用力地重複一遍。

「你不恨我爸爸吧？」布魯諾問

舒穆爾咬住嘴唇，一聲不吭。他在不同的場合見過布魯諾的爸爸，他不了解的是，那樣的人怎麼會有一個這麼和藹可親的兒子。

「對了。」布魯諾看停頓得夠久了之後才又開口，他不想繼續討論剛才的話題了。「我有事情要跟你說。」

「喔？」舒穆爾問，滿懷希望地抬起頭。

「我要搬回柏林了。」

舒穆爾驚訝得張大了嘴巴。「什麼時候？」他問，聲音微微哽住。

「呃，今天是禮拜四。」布魯諾說。「我們禮拜六走，吃過中午飯之後。」

「要去多久？」舒穆爾問。

「應該是不會回來了。」布魯諾說。「媽媽不喜歡『奧特—喂』這裡——她說這裡不是讓兩個孩子長大的地方——所以爸爸留下來工作，因為『炎首』很器重他，可是我們三個要回家了。」

他說「回家」，可是他卻再也不確定他的家究竟是在哪裡了。

「那我就再也看不到你了？」舒穆爾說。

「唔，將來有一天會的。」布魯諾說。「你可以放假的時候來柏林，你總不會一輩子都在這裡吧，對不對？」

舒穆爾搖頭。「應該不會。」他悲傷地說。「你走了，我就沒有人可以講話了。」他又說。

「對。」布魯諾說。他很想再加上一句「我也會想你，舒穆爾」，可是又覺得有點尷尬，說不出口。「所以明天就是我們最後一次見面了。」他接著說。「到時我們就得說再見了，我會想辦法幫你帶一點特別的東西來。」

舒穆爾點頭，卻找不出話來表達他的哀愁。

「真希望我們一起玩過一次。」布魯諾隔了很久之後才說。「一次就好，可以讓我們回憶。」

「我也是。」舒穆爾說。

「我們兩個講話超過一年了，可是從來沒有一起玩過。還有，你知道嗎？」他說。「我一直從我的房間窗戶看你住的地方，可是從來沒有親眼看過那裡是什麼樣子。」

「你不會喜歡的。」舒穆爾說。「你那邊要舒服多了。」他又加上一句。

「我還是想自己看看。」布魯諾說。

舒穆爾想了幾分鐘，突然向前彎，伸手到圍籬下，把鐵絲網抬起來一點，露出的空間可以讓一個小男生（也許就是像布魯諾這種體型的小男生）爬過去。

「喂，」舒穆爾說，「你要不要看啊？」

布魯諾眨眨眼，想了想。「我不覺得我可以耶。」他懷疑地說。

「你不是也不可以每天到這裡來跟我講話，」舒穆爾說，「但是你還不是每天來。」

「可是要是我被逮到，我就倒大楣了。」布魯諾說，他很肯定爸媽絕不會同意。

「這倒是真的。」舒穆爾說，放下了鐵絲網，看著地面，眼裡有淚水在打轉。「那就明天說再見了。」

好一會兒兩個男孩都沒開口，突然布魯諾靈光一閃。

「除非……」他開口，又思索了一下，讓計畫在腦中成形。他伸手摸摸頭，以前頭髮很多的，現在卻被理成了小平頭，還沒有長回來。「你記不記得你說我跟你看起來很像？」他問舒穆爾。「因為我把頭髮剃光了？」

「只不過比較胖。」舒穆爾說。

「既然這樣的話，」布魯諾說，「要是我也有一件條紋睡衣，那我就可以過去了，誰也不會知道。」

舒穆爾的臉亮了起來，綻開一個大大的微笑。「你覺得可以嗎？」他問。「你願意嗎？」

「當然啊。」布魯諾說。「那會是大冒險，我們最後的歷險，我終於可以探險了。」

「而且你還可以幫我找爸爸。」舒穆爾說。

「對呀，」布魯諾說。「我們到處走一走，看能不能找到什麼證據，探險就應該要這樣子。問題是要怎麼弄到一件條紋睡衣？」

舒穆爾搖頭。「沒問題，」他說。「有一間房子是他們放衣服的地方，我可以拿一件我穿得下的，帶過來，你就可以換上，我們就可以去找爸爸了。」

「好極了，」布魯諾說，被當前的氣氛弄得很興奮。「那計畫就出來了。」

「明天我們就這個時間見面。」舒穆爾說。

「這次可別遲到了，」布魯諾說，站了起來，拍掉身上的塵土。「還有別忘了條紋睡衣。」

當天下午兩個男孩都興高采烈地回去。布魯諾想像著即將來到的偉大探險，他終於有機會在搬回柏林之前去看看圍籬那邊究竟是怎麼回事——更別說還可以認真地探險一番了；而舒穆爾則很興奮找到了人來幫他找爸爸。總而言之，這似乎是個非常可行的計畫，而且也是說再見的好方法。

Chapter

19

隔天發生的事

What Happened
the Next Day

隔天，也就是星期五，又是一個陰雨綿綿的日子。布魯諾早上醒來，看著窗外，很失望地看見大雨傾盆而下。要不是這是他和舒穆爾最後一次相處的機會——當然別忘了他們的歷險一定非常刺激，尤其是還包含了變身偽裝這部分——他這天一定會放棄，等改天下午沒什麼特別的計畫時再說。

不過時鐘滴滴答答，他卻一點辦法也沒有。再說，現在才是早晨，從現在到兩個男孩見面的下午時間可能會發生很多事的，到那時雨一定早就停了。

早晨上李斯特先生的課時，他不時看向窗外，可是雨勢非但沒有緩和的跡象，敲打在窗戶上的聲音甚至變得更大。午餐時他在廚房盯著外面，這時雨勢明顯開始變小，而且還有一絲陽光從烏雲後射出來。下午的歷史、地理課他密切觀察天氣，可是大雨卻像水柱一樣，連窗戶都像要被敲破了。

幸好在李斯特先生下課的時候雨就快停了，所以布魯諾換上了一雙靴子，套上重重的雨衣，等著完全沒有障礙之後就離開了屋子。

他的靴子踩著泥巴吱吱叫，他開始覺得這一趟路比以前都要好玩得多。每跨一步都有摔跤的危險，可是他都沒有摔倒，都及時保持了平衡，就連最難走的一段路也一樣，那時他舉起左腳，可是靴子卻卡在泥巴裡。

他抬頭看天空，雖然天還是很黑，他卻覺得這一天的雨也該下夠了，今天下午應該是不會變成落湯雞了。當然，稍後回家他得費一番唇舌才能解釋清楚為什麼一身髒，可是他可以像個典型的男生一樣，找個藉口搪塞過去，反正媽媽總是說他是個典型的男生，說不定他不會惹上太多麻煩（這幾天他們的東西裝進了箱子封好，送上了要開往柏林的卡車，所以媽媽心情特別好）。

他走到見面地點的時候，舒穆爾已經在等他了，而且是頭一次沒有盤腿坐在地上，瞪著腳下的泥巴。這一次他站著，還靠著圍籬。

「哈囉，布魯諾。」他看見朋友靠近之後就說。

「哈囉，舒穆爾。」布魯諾說。

「我不知道我們還會不會見面——我是說雨下得那麼大，」舒穆爾說。「我以為你會被關在家裡。」

「有一陣子真的是很不保險，」布魯諾說。「天氣真的很壞。」

舒穆爾點頭，伸出手，布魯諾高興得張大嘴。他帶了一件條紋睡褲、一件條紋睡衣，還有一頂條紋布帽，跟他身上的一模一樣。衣服看起來並不是特別乾淨，不過這是偽裝，而且布魯諾知道好的探險家一定都是穿合適的衣服。

「你還是願意幫我找爸爸嗎？」舒穆爾問，布魯諾立刻點頭。

「當然啊，」他說，其實在他心裡，幫舒穆爾找爸爸並不如到圍籬那一邊探險來得重要。「我不會讓你失望的。」

舒穆爾抬起地上的鐵絲網，把衣服遞過去給布魯諾，還特別小心不讓衣服沾到地上的泥巴。

「謝謝。」布魯諾說，搔搔小平頭，有點後悔怎麼會忘了帶個袋子來裝他自己的衣服。現在地上那麼髒，要是他把衣服留在地上，那一定都是泥巴。可是他真的沒什麼選擇。他可以把衣服放在地上，坦然接受稍後得穿一身泥衣的事實，或是就此取消計畫。不過知名的探險家都知道，半途而廢是根本不列入考慮的。

「轉過去啊，」布魯諾說，指著愣愣杵在那裡的朋友。「我不想讓你看我換衣服。」

舒穆爾轉過去，布魯諾脫掉他的外套，盡量輕輕地放在地上，再脫掉襯衫。他冷得在寒風中顫抖，於是趕緊穿上條紋睡衣。睡衣套過頭的時候，他吸了口氣，真是大錯特錯，因為睡衣的味道不太好。

「這衣服上次是什麼時候洗的？」他高聲問，舒穆爾轉過來。

「我不知道有沒有洗過。」舒穆爾說。

「別轉過來！」布魯諾大喊，舒穆爾立刻又轉過去。布魯諾東張西望，附近一個人也沒有，所以他努力用單腳站立，開始艱難地脫下長褲。露天脫褲子感覺非常奇怪，他也無法想像要是有人看見他在做什麼，心裡會怎麼想。不過最後費了一番力氣，他終於把衣服換好了。

「好了，」他說。「你可以轉過來了。」

舒穆爾轉過來，布魯諾正好在完成最後部分的變裝，戴上那頂條紋布帽。舒穆爾眨眨眼，又搖搖頭，真是不可思議，要不是布魯諾不像圍籬這邊的男生一樣瘦得皮包骨，臉色也沒有那麼蒼白，還真是沒辦法分辨出他們兩個來，他們幾乎就像是（舒穆爾是這麼覺得）兩個一模一樣的人。

「你知道這讓我想起什麼嗎？」布魯諾說，舒穆爾搖搖頭。

「什麼？」他問。

「讓我想起了奶奶。」他說。「你記得我跟你說過她吧？過世的那一個？」

舒穆爾點頭，他會記得是因為這一年來布魯諾說了許多她的事，也說了他有多喜歡奶奶，他有多希望在她過世前曾經多花點時間寫信給她。

「這讓我想起了她帶我和葛蕾朵演的戲。」布魯諾說，說時別開臉，想起了在柏林的時光，部分不肯褪色的回憶。「讓我想起了她每次都會有合適的戲服給我穿。穿對了衣服就會覺得自己是那個你假扮的人，她每次都這麼說。我猜現在我就是這樣子，對不對？假裝是圍籬那邊的人。」

「你是說猶太人。」舒穆爾說。

「對。」布魯諾說，略微不自在地換換腳。「沒錯。」

舒穆爾指著布魯諾的腳以及他從家裡穿出來的沉重靴子。「你得把靴子也脫掉。」他說。

布魯諾一臉驚恐。「地上都是泥巴耶，」他說。「你不能教我光腳吧？」

「那你就會被認出來，」舒穆爾說。「你沒有選擇。」

布魯諾嘆氣，但他知道朋友說得對，他只好脫掉了靴子和襪子，和地上那堆衣服放在一起。光腳踩進泥巴裡的感覺起初很恐怖，泥巴埋到了他的腳踝，每次舉起一隻腳，感覺就更噁心，但是後來他倒挺喜歡的。

舒穆爾彎下身抬起底部的鐵絲網，但是只能抬到某個高度，布魯諾沒有辦法，只好用滾的，這一滾，身上的條紋睡衣全都覆滿了泥巴。他低頭一看，忍不住哈哈笑，他這輩子從來沒有這麼髒過，可是感覺好過癮。

舒穆爾也微笑，兩個男孩笨拙地站在一起，不習慣兩個人在圍籬的同一邊。

過了一會兒，布魯諾突然有股衝動想要擁抱舒穆爾，只是想讓他知道他有多喜歡他，這一年多來他有多喜歡跟他講話。

舒穆爾也有一股衝動想要擁抱布魯諾，只是想謝謝他的親切和善、他送的食物，還有他願意幫他找爸爸。

但是兩個人都沒有擁抱對方，反而舉步從圍籬邊走開，朝營區而去。一年多來，舒穆爾幾乎是天天走這趟路，努力躲過阿兵哥的監視，想辦法溜到「奧特—喂」那塊似乎從來沒有人管的地帶，而他就在這個地方幸運地認識了像布魯諾這樣的朋友。

沒有多久他們就到了要去的地方。布魯諾驚訝地瞪大眼睛，看到什麼都稀奇。在他的想像中，他以為所有的房子裡都住了快樂的一家人，晚上有些人會坐在屋裡的搖椅上說著故事，像是他們小時候的日子有多好，他們都尊敬長輩，不像現在的孩子等等這類的話。他以為住在這裡的男生、女生會形成不同的小圈子，打網球的打網球，踢足球的踢足球，有的還會在地上畫格子來玩跳房子。

他原本以為房子的中心會有商店，也許是家小咖啡店，像柏林那家一樣；他還猜想過不知道會不會有賣蔬菜水果的攤子呢。

結果，所有他以為可能會有的東西——統統沒有。

沒有大人坐在門廊的搖椅上。

小孩子也沒有一群一群地在玩遊戲。

而且這裡不僅連一個賣蔬菜水果的攤子都看不到，也沒有像柏林那家的咖啡店。

這裡只有一群一群坐在一起的人，瞪著地面，一臉的悲慘，大家只有一個地方相同：全都瘦得骨頭都突出來了，眼窩下陷，都剃著光頭，布魯諾覺得一定是因為曾經發生過頭蝨傳染的問題。

在一個角落，布魯諾看見三個阿兵哥，他們似乎是在管理二十個一群的人，對著他們大呼小叫，有些人跪在地上，雙手抱著頭，而且一直保持這種姿勢。

另一個角落，他看見更多阿兵哥站在那裡，有說有笑，低頭看著他們的槍管，亂比劃亂瞄準，但是沒有開槍。

說真的，無論看哪個方向，他都只看到兩種不同的人：不是穿著制服大笑大叫的快樂阿兵哥，就是穿著條紋睡衣不快樂哭泣的人，而他們大多數人都好像不知瞪著哪裡，一副睡著的樣子。

「我覺得我不喜歡這裡。」布魯諾過了一會兒後說。

「我也不喜歡。」舒穆爾說。

「我覺得我應該回家去了。」布魯諾說。

舒穆爾一聽這話就停下了腳步，瞪著他。「可是爸爸……」他說，「你說你要幫我找他的。」

布魯諾考慮了一下，他答應了朋友，而他不是那種說話不算話的人，尤其他們又是最後一次見面了。「好吧，」他說，不過現在不像以前那麼有信心了。「可是要從哪兒找起呢？」

「你說我們必須找到證據。」舒穆爾說，心裡很沮喪，因為他想到要是布魯諾不幫忙，那他還能找誰幫忙？

「證據，沒錯，」布魯諾說，一面點頭。「你說得對，那我們開始找吧。」

於是布魯諾言出必行，兩個男孩花了一個半小時的時間搜尋營區，尋找證據。他們並不確定自己在找什麼，可是布魯諾不停地說，好的探險家在證據出現的時候就會認出來。

但是，他們完全沒找到什麼線索能讓他們對舒穆爾爸爸的失蹤有點頭緒，而天色開始變黑了。

布魯諾抬頭看天空，好像又要下雨了。「對不起，舒穆爾，」他終於說。「真可惜我們沒找到證據。」

舒穆爾悲傷地點頭。他並不是真的很意外，他並不是真的以為能找到爸爸，可是能讓朋友過來看看他住的地方，他還是很欣慰。

「我想現在我應該回家了，」布魯諾說。「你要陪我走到圍籬那邊嗎？」

舒穆爾開口要回答，可是就在這時響起了很響亮的哨音，十個阿兵哥——布魯諾以前還沒看過一個地方聚集了這麼多的阿兵哥——包圍了營區的一個區域，正是布魯諾和舒穆爾所站的區域。

「怎麼回事？」布魯諾低聲問。「怎麼回事？」

「這種事有時候會發生，」舒穆爾說。「他們會教大家行軍。」

「行軍！」布魯諾說，驚駭極了。「我不能行軍，我得趕回家吃晚飯，今天吃烤牛肉欸。」

「噓。」舒穆爾說，一根手指按著嘴唇。「別說話，否則他們會生氣。」

布魯諾的眉頭皺了起來，卻鬆了一口氣，因為這附近穿條紋睡衣的人現在都聚集在一起了，大多數的人是被阿兵哥推過來的，所以他和舒穆爾藏在人群中，別人看不見。他不知道大家的表情幹嘛都那麼害怕——畢竟行軍也不是什麼壞事嘛——他還想低聲跟大家說放心吧，他爸爸是司令官，如果是他爸爸要他們做這件事，那一定不會有問題的。

哨音再次響起，這次這一群人（一定有一百個）開始緩緩地行進，布魯諾和舒穆爾仍夾在人群中間。後面好像有什麼騷動，有些人似乎不願移動，但是布魯諾太矮了，看不見發生了什麼事，只聽到很大的聲響，好像是槍聲，可是他聽不出來究竟是什麼聲音。

「我們要一直走嗎？」他低聲問，因為他的肚子開始咕嚕叫了。

「好像不會。」舒穆爾說。「那些去行軍過的人我都沒有再看見，可是我覺得應該不會一直走。」

布魯諾皺起了眉頭。他抬頭看天空，就在這時又傳來很大的聲響，這一次是頭頂的雷聲，雷聲還沒盡，天空就變得更黑，幾乎是全黑的，大雨嘩啦啦下了下來，比早晨的雨還大。布魯諾閉上了眼睛一會兒，感覺到雨打在身上。等他再睜開眼睛，他已經不是在走路了，反倒像是被人群給捲著走，他只感覺到黏在身上的泥巴，睡衣緊貼著他的皮膚，雨水從頭頂流下。他巴不得現在是在家裡，隔著一段距離觀看這一切，而不是被圍在這一切的核心之中。

「夠了。」他對舒穆爾說。「我快感冒了，我得回家了。」

話才剛說完，他的腳就踩上了台階，繼續往前走，他發現頭頂沒有雨了，因為他們都魚貫走進了一個長長的房間裡，裡頭竟然很溫暖，而且這房子一定蓋得很結實，所以雨水一點也打不進來，事實上，房間裡非常的悶。

「哎，這才像話嘛。」他說，很高興能暫時躲開了暴雨。「我看我們得在這裡等雨變小，然後我就得回家了。」

舒穆爾和布魯諾挨得非常近，驚駭地抬頭看他。

「真可惜我們沒找到你爸爸。」布魯諾說。

「沒關係。」舒穆爾說。

「真可惜我們沒能真的在一起玩，可是等你來柏林，我們就一起玩。我會把你介紹給……啊，他們叫什麼來著啊？」他自己問自己，覺得很洩氣，因為他們應該是他這輩子最好的朋友，可是他們現在卻從他的記憶中消失了。他一個名字也想不起來，而且也想不起他們的臉。

「說真的，」他說，低頭看著舒穆爾，「我介不介紹都沒關係了，他們已經不是我最好的朋友了。」他低頭，做了某件很不像他會做的事：他握住舒穆爾的小手，牢牢地握住。

「你是我最好的朋友，舒穆爾，」他說。「我這輩子最好的朋友。」

舒穆爾很可能張開嘴說了什麼，但是布魯諾沒聽見，因為就在這時擠滿了房間的每一個行軍的人都發出很大的抽氣聲，房間的前門突然關上了，從房間外面傳進來很響亮的金屬聲。

布魯諾挑高眉毛，不了解這是怎麼回事，但他假設這是為了不讓雨打進來，以免這些人感冒。

這時房間變得漆黑一片，雖然接下來是一團混亂，布魯諾卻發現他仍然牢牢握住舒穆爾的手，這世上沒有什麼力量能夠讓他放開。

Chapter

20

最後一章

The Last Chapter

從此之後布魯諾有如石沉大海。

幾天之後，阿兵哥搜尋了房子的每一個地方，還帶著小男孩的照片到當地的城鎮村莊去找。一個阿兵哥發現了布魯諾留在圍籬邊的那堆衣服和靴子，他沒有去動，只是回去報告司令官，司令官檢查了這個區域，跟布魯諾一樣東張西望，可是就算是要了他的命，他也想不透兒子是出了什麼事。布魯諾就像是從地表憑空消失了，只留下了衣服。

媽媽並沒有如她希望的一樣盡快搬回柏林，她留在「奧特—喂」好幾個月，等候布魯諾的消息，後來有一天，相當突兀地，她覺得布魯諾可能自己一個人先回家了，於是她立刻返回舊家，本以為會看見他坐在台階上等她。

他當然不在那裡。

葛蕾朵和媽媽回到柏林，很多時間一個人躲在房間哭，不是因為她把洋娃娃都丟了，也不是因為她把地圖都留在「奧特—喂」，而是因為她好想念布魯諾。

爸爸在布魯諾失蹤後又在「奧特—喂」待了一年，變得非常不受阿兵哥的歡迎，因為他總是無情地支使他們。他每晚入睡前都會想著布魯諾，每天清醒時也是想著布魯諾。有一天，有一個推論在他的心底成形，他回到了一年前發現那堆衣服的地方。

這地方並沒有什麼特別，也沒什麼不同，但是他稍稍探險了一下，發現圍籬的底部並不像其他地方牢牢固定在地上，如果伸手去抬，就會露出一處縫隙，足以讓一個很小的人（比方說一個小男生）從底下爬過去。他看著遠方，邊看邊猜想，愈看愈遠……突然間他發現兩條腿似乎不聽指揮了——彷彿再也撐不住他的身體了——最後他一屁股坐在地上，坐姿幾乎就和布魯諾一年來每天下午的坐姿一樣，差別只在於他並沒有盤著腿。

幾個月後，別的地方的士兵來到了「奧特—喂」，爸爸奉命跟他們一起走，他毫無怨言地走了，而且走得很高興，因為他並不真的在乎他們要把他怎麼樣了。

這就是布魯諾和他的家人的故事，當然，這些事發生在很久很久以前，而且像那樣的事永遠也不會再發生了。

在我們這個年代不會。

有關故事發生的背景

—編輯說明—

1. 「炎首」的英文原文為Fury，這是一個雙關語，小男孩布魯諾將德文的「元首」（Führer）一字誤聽成「憤怒」（Fury）。書中的元首即為希特勒。

2. 故事裡的伊娃是真有其人，即伊娃・布朗（Eva Braun），她是希特勒的情婦，比希特勒年輕了二十三歲。在一九四五年俄軍攻進總理府的前一天，兩人結了婚。次日，伊娃與希特勒雙雙自戕。

3. 故事從頭到尾，小男孩布魯諾都聽錯了地名。其實「奧特—喂」（Out-with）是指波蘭的奧許維茨（Auschwitz）集中營，有監獄、毒氣室及占地三十九平方公里的火葬場，二次大戰期間，納粹在此地屠殺了無數猶太人。一九四五年一月廿七日，蘇聯軍隊進入了奧許維茨集中營。一九四六年波蘭將該集中營改為紀念館，提醒世人納粹的暴政。二〇〇五年一月二十七日是奧許維茨集中營解放六十週年的日子。本書便是為紀念這個日子而寫。

—專文推薦—

在圍欄的另一邊，願我們的世界不再有小男孩喪生

（本文涉及關鍵情節設定，建議在看完全書後再行閱讀）

作家 許菁芳

在傳達壞消息的時候，英文口語有一種表達方式，「沒有其他容易說出口的方式，所以我就直說了吧。（There's no easy way to say this, so I'm just going to say it.）」

在閱讀《穿條紋衣的男孩》時，我不斷想到這句話。二十世紀中葉，德國納粹於二次世界大戰期間進行猶太人大屠殺（The Holocaust），有系統地奴役並殺害了六百萬人。其規模與內涵都是人類歷史上所知最殘酷的惡行之一。認識這一段歷史並不只是德國或者猶太民族的責任，其他任何時空裡，關心人性、

戰爭與威權政體的公民，其實都應該也能夠從這段歷史當中學習。在這個意義上，臺灣人可以借鏡，也可以與其連結。

但認識這段歷史絕非輕鬆愉快之事；事實上，任何關於猶太人大屠殺的資訊都令人相當難受。學習一段重要的歷史，也包括學習面對、消化這段歷史帶來的痛苦。

沒有其他容易的方式來認識這段歷史，所以這本小說就直說了——《穿條紋衣的男孩》說的是兩個九歲小男孩喪生於奧許維茨營（Auschwitz）的故事。

布魯諾與舒穆爾兩個小男孩出生於同年同月同日，但他們的命運卻大不相同。布魯諾是這個故事的主角，我們從他的視角來認識他的世界。他是德國人，跟爸爸、媽媽、姊姊住在柏林，住在一個大房子裡，他很喜歡在樓梯扶手溜滑梯。他也很喜歡跟三個好朋友一起玩，一起上學、一起探索街道。布魯諾的夢想是做探險家。不過，戰爭改變了他的世界。為了爸爸的工作，他必須搬到「奧特—喂」，這個他連名字都念不出來的地方去。新家比較小，四周也很空曠，沒有商店、餐館、其他家庭，當然也沒有其他小男孩可以跟他一起玩。四周望去，只有冷冰冰的水泥建築物跟一座長長的鐵圍籬。只能沿著鐵圍籬走，探索一無所有的「奧特─喂」。

不過，沿著鐵圍籬走，布魯諾倒是遇到了故事的另一個主角，也就是那個跟他同年同月同日生的小男孩，舒穆爾。舒穆爾是來自波蘭的猶太人，他跟爸爸、媽媽還有哥哥住在一間小公寓裡，樓下就是爸爸的店舖。爸爸是鐘錶匠，給過舒穆爾一只金色的錶，非常漂亮。每天睡覺前，舒穆爾都會把它上好發條。但那是以前。現在，舒穆爾沒有錶、也沒有媽媽。他一直穿著一件舊舊髒髒的條紋睡衣，很瘦，臉色灰暗。不過舒穆爾依舊很聰明也很善良。布魯諾喜歡跟舒穆爾聊天。雖然他們只能隔著一道鐵圍籬談話，沒有辦法一起玩，但是布魯諾跟舒穆爾還是成為了很要好的朋友。

但是，為什麼舒穆爾一直住在鐵圍籬的那一邊呢？而且，為什麼舒穆爾總是很餓，又很冷，那邊沒有東西吃、也沒有衣服可以換？尤其奇怪的是，布魯諾雖然也不喜歡「奧特─喂」處處可見的阿兵哥（他唯一喜歡的軍人就是爸爸），但是為什麼舒穆爾那麼害怕那些阿兵哥？布魯諾一直沒有搞清楚。一直到布魯諾要搬回柏林之前，他跟舒穆爾才決定，還是要讓布魯諾到鐵圍籬的這一邊來看看。而且，舒穆爾的爸爸失蹤了，布魯諾覺得要幫助舒穆爾找爸爸，他們可以一邊探索圍籬的那邊、一邊尋找線索。

故事就結束在布魯諾鑽過圍籬的那一天。兩個小男孩一起去探索世界，緊緊握著手，卻再也沒有回來。

值得注意的是，《穿條紋衣的男孩》雖然本於歷史，但其情節有許多地方並不符合史實。比方說，奧許維茨營其實不可能有九歲的小男孩。因為沒有能力工作的人，在抵達集中營之後很快就會被送入毒氣室。當然也不可能出現九歲小男孩走來走去，幾乎天天都能前往圍欄邊緣與牆外的小朋友會面——事實上，穿越圍欄的情節也不符合實情，因為該圍欄應該是有電的。

這些細節在故事發展過程中並不那麼明顯，但是卻會帶來誤解。對於完全陌生於猶太人大屠殺的讀者——尤其是年輕的兒童、青少年讀者——可能會建立錯誤的歷史認知。這個問題使得本書作者約翰．波恩招致嚴肅的批評。身在臺灣的我們，在第二次世界大戰的歷史經驗當中，未曾與猶太人大屠殺有直接的連結，於是，臺灣讀者閱讀本書時，也應該注意這部小說終究是虛構的故事，而非歷史紀實。

不過，話又說回來了。像是猶太人大屠殺這樣複雜、龐大的歷史事件，我們也不應該期待透過一本小說就能夠學習到所有事情。事實上，我們可能在閱讀非常多資料之後，還會發現這段歷史有很多缺漏、空白、不一致，乃至於令人困惑之處。因此，《穿條紋衣的男孩》仍然是一本非常好的入口書籍，幫助我們開始認識這個巨大的人性悲劇。

如果你跟我一樣，一打開這本書就停不下來——其實作者在寫這本小說的時候，也是一開始就停不下來，兩天就完成初稿——或者是，讀到後面越來越緊張，讀到結局時大吃一驚，而且非常難受。那我想這本小說還是非常成功的。它成功地讓我們感受到，殺戮是多麼殘酷的一項惡行。而我們真誠地希望，這類惡行將永遠消失於人類共享的未來。

國家圖書館出版品預行編目資料

穿條紋衣的男孩/約翰．波恩（John Boyne）著；趙丕慧 譯. -- 二版. -- 臺北市：皇冠, 2023.02 面； 公分. --（皇冠叢書；第5077種）（CHOICE；361）
譯自：The Boy in the Striped Pajamas
ISBN 978-957-33-3988-5（平裝）

873.859　　112000693

皇冠叢書第5077種
CHOICE 361

穿條紋衣的男孩

The Boy in the Striped Pajamas

作　　者—約翰．波恩
譯　　者—趙丕慧
發 行 人—平雲
出版發行—皇冠文化出版有限公司
台北市敦化北路120巷50號
電話◎02-27168888
郵撥帳號◎15261516號
皇冠出版社（香港）有限公司
香港銅鑼灣道180號百樂商業中心
19字樓1903室
電話◎2529-1778　傳真◎2527-0904
總 編 輯—許婷婷
責任編輯—黃馨毅
行銷企劃—許瑄文
美術設計—鄭婷之、李偉涵
著作完成日期—2006年
二版一刷日期—2023年02月

法律顧問—王惠光律師

讀者服務傳真專線◎02-27150507
電腦編號◎375361
ISBN◎978-957-33-3988-5
Printed in Taiwan
本書特價◎新台幣299元/港幣100元